DREAMBOOKS

FUSION FANTASY STORY & ADVENTURE

사도연 퓨전판타지 장편소설

신세기전

dream
books
드림북스

신세기전 11 나라카

초판 1쇄 인쇄 2017년 6월 8일
초판 1쇄 발행 2017년 6월 19일

지은이 사도연
발행인 오영배
기획 박성인
책임편집 김다슬
표지 · 내지 디자인 공간42
제작 조하늬

펴낸곳 (주)삼양출판사 · 드림북스
주소 서울시 강북구 도봉로 173
대표 전화 02-980-2112 **팩스** 02-983-0660
편집부 전화 02-980-2116 **팩스** 02-983-8201
블로그 blog.naver.com/dreambookss
출판등록 1999년 3월 11일 제9-00046호

ISBN 979-11-283-9111-8 (04810) / 979-11-313-0648-2 (세트)

드림북스는 (주)삼양출판사의 판타지 · 무협 문학 브랜드입니다.

FUSION FANTASY STORY & ADVENTURE

사도연 퓨전판타지 장편소설

신세기전

나라카

dream
books
드림북스

신세기전

목차

52장

천마(天魔)

하늘을 따라 가득히 퍼지는 굉음.

그 아래에서, 신과 부처는 저마다의 싸움을 벌였다.

*　　　*　　　*

"이렇게 전장에 서니, 참으로 기분이 묘하네그려."

소호 금천은 자신의 보패, 청구검을 아래로 늘어뜨리며

기분 좋게 웃음을 터뜨렸다.

전에도 이렇게 같이 싸웠던 적이 있긴 하다.

하지만 그때는 너무 짧아 전장의 향취를 느낄 겨를도 없었다.

그러나 지금은 다르지 않은가.

뜨거운 공기. 뜀박질 치는 심장. 고조되는 감정.

모든 것이 자신으로 하여금 '살아 있다'는 감정을 느끼게 해 주었다.

'내게 아직도 이런 감정이 있을 줄이야.'

단순히 벗을 도와주고 싶다는 감정은 이미 벗은 지 오래였다. 시간이 꽤 흐르고 격을 되찾아 가면서 자아가 강화된 까닭이다.

호승심.

싸움에서 자신을 증명하고 이기고 싶다는 생각이 강하게 들었다.

발아래로 치열한 접전은 쉴 새 없이 벌어진다.

교룡은 화천과 부딪칠 때마다 쉴 새 없이 열 폭풍을 토해 내면서 서로 한 치도 밀리지 않는 팽팽한 접전을 벌이고, 붕마왕과 사타왕은 풍천과 부동명왕이 벌이는 연합에 휘말려 뒤죽박죽 섞여 버렸다.

미후왕과 우융왕은 쌍둥이 신인 일천과 월천을 상대로 빠르면서도 호쾌한 전투를 벌이니, 다른 복마전과 부처들의 싸움 역시 그들과 마찬가지로 물고 물리는 싸움을 반복 중이었다.

하지만 전체적으로 승기는 명교 쪽에 있었다.

여전히 전열을 제대로 갖추지 못한 채 밀려나는 부처들과 그 뒤를 바짝 쫓는 복마전.

벌써 부처 중 몇몇은 날카로운 칼날 아래 목이 몇 번이고 떨어진 자들도 있었다. 석가의 사리가 없었더라면 큰일이 났으리라.

그렇다 보니 부처들은 어떻게든 전황을 뒤집기 위해 방법을 모색하려 했다.

저들끼리 다급하게 심령으로 대화를 나눈다.

「이게 대체 뭔가! 듣던 것과는 너무 다르지 않나!」

「마경이 나설 일은 절대 없을 거라더니…….」

「우마왕이 미쳐도 단단히 미쳤어! 이런 자리에 나오게 되면 어떻게 될 줄 모르는 건가?」

「마귀는 마귀란 것이겠지. 한데, 이를 어찌해야 하지?」

이들은 모를 것이다.

소호 금천이 그들의 심령을 고스란히 읽고 있다는 사실을.

보패 청구검은 파동을 읽는 효능이 있다.

말이란 곧 떨림, 생각이며 상념. 심령도 이 떨림의 범주에서 크게 멀지 않다.

덕분에 소호 금천은 예부터 타심통(他心通, 상대의 마음을 읽는 기예)이니, 천리지청(千里地聽, 천 리의 소리를 듣는 기예)이니 하는 말을 많이 들으면서 나라의 백성들이 겪는 고난을 직접 들으면서도, 때로는 전장의 지배자로 활약할 수가 있었다.

그들이 부리고자 하는 전술이며 전략, 생각 따위가 손바닥 위에 있는데 무엇이 무서울까.

하지만 이런 비밀을 알고 있는 자는 많지 않았다.

심지어 주인인 지호까지도 몰랐으니.

'그나저나 우마왕이라…… 하긴 두려울 법도 하지.'

소호 금천은 피식 웃음을 터뜨릴 수밖에 없었다.

반격을 시도하려는 부처들이 제대로 행동에 나서지 못하는 또 다른 이유 하나.

우마왕.

그는 저만치 떨어진 곳에서 홀로 전장을 가만히 주시하고 있었다.

명백히 싸움에서는 한 발자국 물러선 모습.

하지만 그런데도 그가 뿌리는 기세는 당장이라도 부처들을 모두 잡아먹을 것처럼 무시무시했다.

아마 부처들로서는 우마왕이 언제 어떻게 나설지 모르니 신경이 곤두설 수밖에 없으리라.

한 눈을 파는 순간 목이 달아날 테니.

「이대로는 필패다.」

「방법은? 정녕 방법은 없는 건가?」

「있지. 딱 하나.」

「그래. 인질!」

'인질?'

소호 금천이 눈을 가느다랗게 좁혔다.

무슨 말인지 정확하게 알 필요가 있었다.

「아니. 아직 그건 쓸 때가 아니야.」

「그때가 대체 언젠데! 지금 다 죽게 생긴 거 안 보이냔 말이야! 당장 나만 해도 사리의 힘이 다했다! 횟수가 얼마 남지 않았다고!」

「기다려라.」

「범천!」

「기다리라 하였다.」

「제길……!」

「당장으로선 우마왕의 속내를 정확하게 알 필요가 있다. 단순히 제천대성을 도와 협박조에서 그치는 것뿐인지, 아니면 정말 때를 노리고 있는 것인지.」

다급한 상황 속에서도 말은 계속 이어진다.

「만약 기회를 노리는 거라면!」

「그때는…… 우리도 뒤집는다. 조금만. 조금만 참아라.」

"허어! 아무래도 쓸데없는 짓은 못하게 해야겠어. 범천이라니."

소호 금천은 '인질'이란 것에 대해서 더 상세히 알 필요가 있다고 느꼈지만, 만약 범천이 나섰다면 여기서 접어야겠다고 생각했다.

범천은 불교 세계관에서 세상을 창조했다고 알려진 자다.

정확히는 부처들의 시초라 할 수 있는 인물.

그 뜻 또한 무려 '모든 것을 낳는 자'.

그런 이의 머릿속은 신과 부처들마저도 닿기 힘들 정도로 깊어 휘말리는 순간 모든 것을 잃어버린다고 한다. 그가 나섰다면 무슨 수를 써도 쓸 터.

그렇다면 그걸 사전에 차단해야 했다.

이쪽에 우마왕이 있다면 저쪽은 범천이란 패를 마련했다는 건가?

하여간 부처란 것들도 속이 시커멓긴 매한가지군.

소호 금천은 가볍게 혀를 차면서 청구검에 힘을 불어 넣었다.

지이이이이이이이잉!

가벼운 떨림과 함께 칼날을 따라 불꽃이 피었다.

태양의 열기가 바람을 타고 퍼지면서 주변을 따라 흐르

던 구름이 단숨에 타 버린다.

싸움에 몰입하던 부처들도 뒤늦게 자신들의 머리 위에서 소호 금천이 이쪽으로 칼날을 겨누고 있단 사실을 깨달았다.

「태양풍이다! 모두 피하……!」

누군가 다급하게 해산하라 명했지만,

"이미 늦었다네."

소호 금천은 가벼운 조소와 함께 청구검을 힘차게 아래로 휘둘렀다.

콰콰콰콰콰콰콰콰!

태양의 불꽃을 머금은 소나기가 아래로 쏟아졌다.

마치 이 세상 자체를 마구 할퀴려는 듯 무지막지하게 내려오는 탓에 부처들은 일제히 사색이 되었다.

—네놈들이 드디어 미쳤구나!

—이 세상을 송두리째 태워 버릴 심산이더냐!

—수미산의 것들은 어찌 전부 이 모양인가!

쐐애애애애애애액!

부처들은 끝까지 자신들을 따라붙으려 하는 복마전을 어떻게든 털어 버리고는 축지를 시도해 전장에서의 이탈을 꾀했다.

태양의 열기는 지옥불과는 다른 개념이었지만 어쩌면 이

보다 더할 정도로 뜨겁기 때문에 정통으로 맞았다가는 설사 부처라 할지라도 영혼이 송두리째 타 버릴 수가 있었다.

설사 석가의 사리가 있다고 해도 그마저 타 버린다면 답이 없지 않은가!

수십 개의 빛무리가 사방으로 흩어진다.

하지만 이미 불비는 마치 하늘을 따라 뿌린 그물처럼 잔뜩 퍼져 빠져나가기란 불가능에 가까웠다.

—제길!

결국 남은 방법은 하나.

석가의 사리를 꺼내 불비를 무효화로 되돌린다.

곳곳에서 빛이 번쩍이면서 그들을 덮치려던 불비가 씻은 듯이 사라졌다. 하지만 범위는 한계가 있을 수밖에 없어서 자신들의 주변이 전부였다.

콰콰콰콰콰콰쾅!

곳곳에서 불비가 터지면서 열풍이 불었다. 살이 익을 정도로 공기가 뜨겁게 끓으면서 부처들을 고통 속으로 몰았다. 숨을 쉬는 것이 벅찰 정도였다.

—헉…… 헉…… 헉……!

—젠장……!

하지만 그건 시작에 불과했으니.

"왜 부처든 신이든 전지를 이뤘다는 자들도 앞은 볼 줄 알면서 뒤는 못 보는 거지?"

이번에는 소호 금천과 반대로 가장 아래쪽에서 시기만을 엿보고 있던 이예가 차갑게 웃으면서 뒤로 잡아당기고 있던 시위를 놓았다.

퓨퓨퓨퓨퓨퓻!

빛줄기가 된 소중이 수백 개로 분화하면서 달의 마력을 잔뜩 뿌렸다.

영혼까지 얼어붙게 만드는 한파를!

쩌거거거거거걱!

―이건 또 뭐냔 말이다아아아!

태양풍이 불어 뜨겁게 달아올랐던 공기가 단숨에 차갑게 확 식으면서 부처들의 움직임이 눈에 띄게 줄어든다. 미처 피하지 못한 몇몇은 반신이 잔뜩 얼어붙어 제대로 움직이질 못했다.

다시 한 번 사리가 빛을 발해 한파를 지운다.

그러나,

"이번엔 또 내 차례로군."

소호 금천이 기다렸다는 듯이 청구검을 휘둘러 대니, 차갑던 공기가 다시 끓어올랐다.

―쩬 자아아아아아아앙!

위에서는 불비가, 아래에서는 얼음 우박이.

이질적인 두 기운이 자꾸 교차하면서 부처들을 한시도 가만히 있지 못하게 만들었다.

복마전을 상대하려 해도 위아래로 쉴 새 없이 공세가 가해져 피하기에 급급하고, 사리를 꺼내 무효화를 시도하더라도 어느새 따라붙은 복마전이 그들의 목을 날리거나 심장에다 칼을 꽂아 버렸다.

결국 연신 석가의 사리를 써서 재생을 시도할 수밖에 없는 판국에 그들의 영혼도 자꾸만 피폐해져 갔다.

삶과 죽음을 계속 반복한다는 것.

제아무리 영혼의 성장을 이뤘다고 한들, 그 끔찍한 고통을 계속 감내할 수 있는 자가 몇이나 될까?

퍼퍼퍼퍼퍼퍼펑!

자꾸만 폭발이 이어져 가는 가운데, 드디어 일이 터지고 말았다.

―크아아아아아아아악!

부처 문수사리가 제 목을 부여잡으면서 비명을 질렀다. 오른손에 들고 있던 석가의 사리가 빛이 다하더니,

퍼걱!

그대로 금이 가 부서지고 말았다.

복마전주는 그 틈을 놓치지 않고 칼을 그대로 녀석의 심장에다 꽂았다.

퍽!

등가죽을 뚫고 칼이 삐져나온다. 상처를 따라 하얀 핏물
이 쉴 새 없이 쏟아진다.

문수시리는 금붕어처럼 입을 벙긋거리다 이내,

쏴아아아아아!

먼지가 되어 흩어지더니 기나긴 궤적을 그리며 제석천과
접전을 벌이던 지호에게로 떨어졌다.

지호가 꺼낸 여의봉 끝단에 이름이 새겨진다.

文殊尸利

보살 중에서도 지혜를 상징한다는 자가 봉신되자 부처들
은 발등에 불똥 떨어진 것처럼 위기감을 느꼈다.

저승으로 넘어가 다가올 말세에 대비해야 한다는 목적도
잃어버린 채, 끝도 없을 감옥 속에 영원히 갇혀 지내야만
한다는 두려움에 떨었다.

하지만 그러거나 말거나 공세는 계속 이어졌으니.

—놈! 멈추지 못할까!

그때 노호에 찬 외침과 함께 부처 세 명이 공간을 가르며
소호 금천에게로 달려들었다.

"불나방이 오시는군."

소호 금천은 오히려 기다렸다는 듯이 싸늘하게 웃으면서
아래로 휘두르던 청구검을 측면으로 틀었다.

쩌어어어어어엉!

—크으으윽!

그와 맞닥뜨린 부처는 불장(佛杖)으로 청구검을 내려치
다가 상상 이상으로 강한 반탄력에 침음을 흘렸다. 불장을
쥐던 손아귀가 찢어지고, 불꽃이 혓바닥을 날름거리며 목
을 베어 왔다.

그때 같이 왔던 다른 두 부처가 각각 계도와 쌍권을 내질
렀다.

따다다다다당!

하지만 3인의 합격에도 불구하고, 소호 금천은 현란한
칼솜씨로 되레 물길을 거슬러 올라가는 연어처럼 그들을
압도했다. 섬광이 터지면서 한꺼번에 녀석들의 목을 쳤다.

번쩍!

사리가 빛을 발하며 재생을 시도한다. 하지만 그때마다
청구검은 공간을 연신 그었다.

퍼퍼퍼퍼퍼퍽!

눈 깜짝할 새에 놈들의 멱을 열다섯 번이나 따 버린 청구
검은 열여섯 번째로 다시 목에 꽂혔다.

—쿠르르르르륵!

—마, 말도 안 되는……!

그야말로 신속(神速).

좌아아아아악!

하얀 피가 분수처럼 쏟아진다. 입가를 따라 게거품이 물렸다. 두 눈은 원통하다는 듯이 소호 금천을 노려봤다.

"무엇을 그리도 억울해하는가. 신이든 부처이든 약하면 잡아먹히는 건, 예나 지금이나 다르지 않은 것을. 아니 그런가?"

　—빌…… 어먹을……!

　—저 쪽에서…… 그대를 원망할 것이다.

　—허신이여!

파스스스.

놈들은 끝내 가루가 되어 흩어지며 여의봉에 '馬鳴(마명)', '提婆(제바)', '無着(무착)'이라는 글자로 남았다.

단번에 셋이나 되는 부처를 도륙한 것이다.

소호 금천은 흡족한 얼굴을 하며 주변을 둘러봤다.

"자, 다음 차례는 누구신가?"

＊　　　＊　　　＊

설마 했던 일이, 우려했던 일이 터졌다.

봉신.

순식간에 당한 부처가 넷.

당연히 발등에 불똥이 떨어질 수밖에 없다.

「이대로는 정말 위험하다!」

「모두 제자리를 사수하라! 이렇게 된 이상, 어떻게든 버텨야만 한다!」

「범천! 대체 뭘 하는 겐가! 일이 이렇게까지 되었는데……!」

콰아아아아아아앙!

부동명왕은 자신을 우악스럽게 쥐려는 손길을 힘차게 옆으로 밀어내면서 하늘을 보며 소리쳤다.

　　—범천! 대답해라, 범천!

하지만 돌아오는 건 무응답.

심지어 연결된 심령을 뒤져 봤지만, 범천의 것만 찾아볼 수가 없었다.

확실했다.

녀석은 지금 여기에 없었다.

　　—범처어어어어어언!

제석천과 더불어 호세천부의 우두머리로서, 언제나 범천은 부처들을 영도하는 자리에 있다.

늘 말없이 있어 속내를 읽을 수 없는 자였다지만, 자신들에게 아무런 말도 없이 이렇게 자취를 감추는 건 절대 용납할 수가 없는 일이었다.

설사 그것이 작전의 일환이라 할지라도!

하물며 수보리를 따라갔다가 수하들, 다른 명왕인 군다리, 항삼세, 대위덕을 잃은 부동명왕으로서는 또 이용당한다는 사실이 화가 날 수밖에 없었다.

'설마?'

부동명왕은 얼굴을 잔뜩 일그러뜨리면서 하늘을 올려다봤다.

순간적으로 머릿속을 스치고 지나간 생각 하나.

지금 하계에 모든 부처들이 내려온 것은 아니다.

그들은 모두 3단계에 걸쳐서 모든 강림을 목표로 하고 있었다.

1차는 수보리를 위시로 한 사전 작업.

2차는 호세천부 등의 하계 진압.

3차는 저승으로의 도래(渡來).

수보리가 1차에서 자물쇠와 열쇠의 위치를 파악하여 저승의 문을 연다면, 2차에서 호세천부를 비롯한 대부분의 부처들이 하계를 완전히 손에 넣는 것이며, 3차에서 석가여래를 비롯한 최고 수뇌부들이 모두 저승으로의 도래를 완료하는 것이다.

지금 벌어지는 과정은 2차로, 반드시 회유를 했어야 할 제천대성이 완전히 등을 돌리면서 계획이 꼬일 대로 꼬인 경우였다.

그래도 제천대성을 누르고 자물쇠와 열쇠를 빼앗을 수 있다는 자신감이 있었기에 가능한 시도였다.

하지만,

'그것이 아니라면?'

만약 이것이 범천이 사전에 짜 뒀던 여러 계획 중 한 갈래라면?

호세천부와 명왕들을 미끼로 내놓고서 다른 뭔가를 획책하려는 것이라면?

'설마……!'

부정하고 싶다.

상식적으로 부처 일파의 7할이나 되는 병력을 단순히 미끼로 내놓는다는 말 자체가 어불성설이었으니.

문제는,

'범천이라면 가능하다……!'

만인을 평등하게 바라보는 범천의 눈에 부처든, 신이든, 인간이든, 동물이든, 식물이든, 모든 것은 동등한 선상에 놓여 있다.

이것은 만물에 자비를 베푸는 것이기도 하지만, 다른 뜻에서는 의도에 따라 무엇이든 도구로 부릴 수도 있다는 것 아닌가.

부동명왕은 이곳이 함정이라며, 범천이 뭔가를 꾸미고 있다며, 자리를 떠나고 싶어 했다.

하지만 뭔가를 하려 해도 당장 몸을 내빼기에는 이미 늦은 뒤였다.

"이 놈 보소! 누가 한눈을 팔라던!"

부동명왕의 머리 위로 거대한 그림자가 드리운다.

7미터에 달하는 크기. 과보를 강신시켜 권능을 한껏 발휘하고 있던 사타왕이 버럭 소리를 지르면서 주먹을 휘둘렀다.

쐐애애애애애애액!

거인이 공격하니 공기가 부서지는 소리가 천둥처럼 위압적으로 들렸다.

"흡!"

부동명왕은 아차, 싶은 생각에 호흡을 크게 들이키면서 양팔을 교차시켜 몸을 막았다. 힘으로는 자신 역시 어느 정도 자신이 있었다.

하지만,

콰아아아아아아아앙!

부동명왕은 마치 실 끊어진 연처럼 단번에 튕겨 나 추락했다. 절벽을 그대로 뚫고 나오고도 한참이나 굴러 지상에 처박혔다.

부동명왕이 박힌 자리에는 어마어마한 크기의 구덩이가 파였다.

우르르르, 구멍 난 절벽을 따라 산자락이 그대로 무너지면서 구덩이 쪽으로 낙석이 쏠렸다.

산봉우리 하나를 무너뜨리는 힘.

거대한 묘지가 세워진 것이나 마찬가지였지만, 사타왕은 만족할 수 없다는 듯, 확실하게 결착을 짓기 위해서 단번에 낙석 더미로 떨어졌다.

양 주먹을 마주 포개어 도끼처럼 아래로 내려친다. 태양을 좇던 신답게, 태양의 불길이 주먹을 따라 감돌면서 파괴력을 한껏 더했다.

바로 그때, 사타왕이 착지하기 직전에 낙석 더미가 들썩인다 싶더니 총 열 개나 되는 전륜환이 돌덩이들을 뚫고 나왔다.

자글자글한 톱니바퀴를 잔뜩 드러내며 좌우로 교차, 사타왕의 몸을 베려 했다.

"으랏차차차차차차차!"

사타왕은 있는 힘껏 전륜환을 내리쳤다.

타다다다다다다당!

전륜환 중 세 개가 단번에 망가져 튕겨 오르고, 두 개가 손등을 훑고 지나가 피를 뿌렸다. 남은 다섯 개는 각각 어깨와 허벅지, 옆구리 따위에 틀어박혔다.

커진 덩치만큼이나 면적도 넓어진 결과. 하지만 사타왕은 끔찍한 고통에도 눈 하나 깜빡하지 않고 낙석 더미까지 한꺼번에 무너뜨렸다.

콰콰콰콰콰콰콰콰!

마주 포갠 주먹은 낙석 더미를 한참이나 뚫고 들어가 저 안쪽에서 몸을 일으키려 하던 부동명왕과 충돌했다.

"빌어먹을!"

부동명왕은 욕지거리를 내뱉으면서 망가지다시피 한 오른팔을 앞으로 뻗었다.

콰르르르르르르—!

사타왕과 부동명왕의 충돌에서 어마어마한 충격파가 파문을 그리며 흩어졌다.

낙석 더미는 순식간에 가루가 되어 튀어 올랐고, 그 위로 먼지구름이 자욱하게 퍼졌다. 지면은 끝도 없이 아래로 파고들어 가면서 아미산 전체에 걸쳐 균열을 잔뜩 일으켰다.

지진이 쉴 새 없이 일어나 지반이 들썩인다.

깊숙한 곳에서는 여전히 사타왕과 부동명왕이 힘겨루기를 하는 중이었다.

사타왕은 어떻게든 부동명왕의 머리통을 부서뜨리겠다는 일념으로 강하게 짓눌렀다. 태양의 불꽃이 쉴 새 없이 점멸을 거듭하며 화려하게 타올랐다.

반면에 부동명왕은 어떻게든 사타왕의 주먹을 막아 냈다. 기형적으로 꺾여 망가지다시피 한 오른팔을 왼팔로 받쳐 버렸다.

쿠쿠쿠쿠쿠쿠쿠쿠!

신과 부처의 격동은 지진을 계속 일으킬 수밖에 없는 노릇이라, 이미 지상은 대혼란이었다.

"이, 이게 무슨 일이야!"

"하늘이 노하신 게야…… 하늘이……!"

"비나이다, 비나이다."

"백 년 전의 환란이 다시 닥치려는 건가?"

"아직 전쟁도 제대로 끝나지 않았는데. 아아!"

"어느 땡중의 말로는 부처에 반기를 든 어느 흉신이 벌인 일이라던데. 이를 어찌하면 좋아……!"

지진은 수많은 사상자를 내기 마련이라, 아미산 인근에 조성된 마을은 고스란히 재앙을 맞아야 했다. 가옥이 무너지면서 사람들이 깔리는 경우도 허다했고, 망쳐 버린 농사일에 넋을 놓은 사람들도 있었다.

이런 장면들은 여과 없이 사타왕과 부동명왕에게도 비쳐

졌다.

그들 역시 세계수에 정신을 일부 접속하고 있는 초월자들. 당연히 망막에 예지가 일부 맺힐 수밖에 없다.

하지만 사타왕과 부동명왕 모두 물러설 기미를 보이지 않았다.

자칫 여기서 허점을 보인 순간 나락으로 떨어지고 말 테니.

지이이이잉, 지이이이잉, 지이이이잉!

사타왕의 몸에 틀어박힌 전륜환이 다시 회전을 시작한다. 살갗을 더 깊게 파고들면서 근육이 뭉개지고 핏줄이 끊어지면서 핏물이 쏟아진다.

이대로 뒀다가는 사지가 잘려 나갈 텐데도, 사타왕의 힘은 더욱 거세지기만 한다.

"이렇게까지…… 이렇게까지 네놈들이 나서는 이유가 무엇이냐!"

부동명왕은 힘에 잔뜩 부친 얼굴로 소리쳤다.

"뭐긴 뭐야. 싸우는 게 좋아서지."

"뭐?"

부동명왕은 인상을 와락 일그러뜨렸다.

정말 그런 단순한 이유로?

순간 자신을 농락하는 건가 싶었지만, 사타왕은 정말 웃고 있었다. 기쁘다는 듯이.

부동명왕은 화가 났다.

이깟 놈에게 이렇게까지 농락당하고 있단 사실에!

"좋…… 다. 범천에게 따져 물을 것이 많으나, 아무런 정의도 없이 날뛰는 네놈부터 처치해야겠구나!"

부동명왕은 끝까지 아껴 두려 했던 석가의 사리를 결국 꺼냈다.

이제는 횟수가 한 번밖에 남지 않은 사리였다.

팟!

순간, 부동명왕과 사타왕을 둘러싸고 있던 세상이 뒤바뀌었다.

지하가 아닌 하늘.

부동명왕은 다친 구석 하나 없이 멀쩡한 모습으로 위에서서 복구된 전륜환 다섯 개를 감고 있었고, 사타왕은 다섯 개의 전륜환이 박힌 채 피를 잔뜩 쏟고 있는 형국이었다.

"죽어라."

쉬쉬쉬쉬쉬쉬쉬쉭!

남은 전륜환들이 회전하면서 다시 사타왕에게 쏟아졌다.

사타왕은 이전처럼 힘으로 해결을 보려 했다. 하지만 전륜환은 아슬아슬하게 녀석의 팔 위를 통과, 기나긴 궤적을 그리면서 후방으로 이동했다.

"이번에는 아까 전처럼 쉽게 잡을 수 없을 거다."

부동명왕은 사타왕의 행동을 예측하면서 심령으로 전륜환을 움직였다.

좌아아아악, 좌아아아악, 좌아아아악!

전륜환은 사타왕의 거구를 쉴 새 없이 긁고 지났다.

그럴 때마다 사타왕은 어떻게든 전륜환을 잡으려 했지만, 전륜환은 용케 겨드랑이 사이나 무릎 따위를 베고 지나면서 살과 근육을 갈랐다. 옆구리는 너무 깊게 베인 나머지 내장까지 보일 정도였다.

"에잉! 겁나 귀찮네, 이거!"

사타왕은 인상을 잔뜩 찡그리다 이래서는 안 되겠다고 여겼는지 도중에 방법을 바꿨다.

전혀 예상치도 못한 방법으로.

"그럼 이건 어떠냐!"

어깨를 곧추 세우더니 부동명왕 쪽으로 몸을 날린 것이다!

콰콰콰콰콰콰콰!

"미친!"

흥분한 황소처럼 달려든다.

전륜환이 이를 막으려 정면에서 부딪치지만 사타왕을 멈출 수 없었다. 사타왕은 도리어 더 해 보라는 듯이 피를 흠뻑 뒤집어쓰면서 악귀처럼 웃었다.

좌아악, 좌아악, 사타왕의 잘린 팔뚝이 허공으로 튀어 오른다. 발목 아래가 잘려 나가고, 어깨뼈가 흉측하게 모습을 드러낸다.

사지가 튀어 오르면서도 웃는 모습.

부동명왕은 마치 지옥에서 튀어나온 아귀를 본 것처럼 소름이 돋았다. 축지를 밟아 뒤로 물러섰다.

하지만 사타왕 역시 축지를 밟으며 악착같이 뒤쫓았다. 전륜환을 부수고, 오른팔이 마저 잘려 나가면서도 끝내 지척까지 따라붙었다.

"잡았다!"

"……!"

부동명왕은 공포에 하얗게 질린 채로 다가온 사타왕의 왼쪽 손아귀를 막을 수 없었다.

콰아아아아앙!

부동명왕은 패대기쳐진 개구리 꼴로 지면에 찍혔다. 꽈아악, 머리통을 잡은 손길에 안면이 부서질 것처럼 고통스러웠다.

손가락 틈 사이로 사타왕이 혈인(血人)의 몰골을 한 채, 두 눈을 희번덕이며 히죽 웃었다.

"그거 알아? 막내 이후로 나를 이렇게 즐겁게 해 준 사람, 네가 처음이란 거?"

"미…… 친……!"

"으하하하하하! 이야아아아. 어떻게 알았냐? 내가 그 말을 제일 좋아한다는 걸 말이다!"

"……!"

"푸하하하하하하핫!"

사타왕의 두 눈을 따라 뭔가가 감돈다. 충혈된 것과는 전혀 다른 이질적인 어떤 것.

마치 뭔가에 홀려 있는 것 같았다.

광기(狂氣).

그래. 광기였다.

오른팔이 달아나고, 양다리는 무릎 아래로 무참히 썰리고, 옆구리에서는 갈비뼈가 으스러지고 내장이 쏟아지려 하는 몰골인데도 불구하고 고통스러워하는 기색 없이 환하게 웃기만 한다.

이걸 두고 광기에 홀렸다고 하지 않고서 무엇을 두고 광기라 할 수 있을까.

녀석은 미쳐 있었던 것이다!

딱. 딱. 딱.

부동명왕은 두려운 나머지 자기도 모르게 이를 계속 부딪쳤다.

머릿속이 새하얗다. 싸움 경험으로만 친다면 호세천부보다도 위라는 그다. 이런 감정을 느낀 건 처음이었다.

아니, 정확하게 따지자면 처음은 아니었다.

아주 오래전. 수미산이 만들어지기도 전에, 저 깊은 지하의 무저갱에서 마주한 적이 있었으니까.

왜 여태 잊고 있었던 걸까.

놈을, 아니, 놈들을 가리키는 단어를.

마(魔)!

부처를 현혹시키고, 타락시키며, 끝내 종말을 가져올 그 이름을!

"재미있게 놀아 줬으니까 안 아프게 살살 해 주마."

사타왕이 피식 웃더니 차갑게 입술을 벌린다. 사자처럼 자글자글한 톱니 이빨이 잔뜩 드러났다.

츠츠츠—

짙은 마기가 흘러나오면서 부동명왕의 영혼을 조금씩 침식해 들어갔다.

이름만 마신일 뿐이지, 거짓된 존재에 지나지 않는 마신들이 부리는 마기와는 차원이 다른 짙은 마기. 무저갱에서 퍼 올린 것 같은 칠흑색 마기가 뭉게뭉게 퍼졌다.

땅이 삭는다. 나무가 죽는다. 풀이 메마른다.

죽음의 냄새가 가득히 퍼졌다.

사타왕은 알고 있을까?

그것이 과거 지호가 효마검을 쥐었을 때에 풍겼던 기운과 아주 비슷하단 사실을.

과보의 사념이 사타왕에 완연히 융화되어 가고 있다는 뜻이었다.

'설마 범천이 바랐던 건……!'

순간, 부동명왕은 범천이 꾀하는 바를 깨달았다.

"머, 머, 멈추……!"

사타왕에 의해 그림자가 지자, 다급하게 손을 뻗어 막고자 했지만,

퍼어어억!

사타왕은 우악스럽게 쥔 주먹으로 부동명왕의 얼굴을 그대로 내리찍었다. 안면이 수박처럼 으깨지면서 몸체가 가루가 되어 사라진다.

다섯 번째 봉신이었다.

"으으으으음. 이걸로는 부족한데."

하지만 사타왕은 마치 맛있는 당과를 다 먹은 아이처럼 아쉬워하는 표정을 짓다가 천천히 일어섰다. 어느새 잘려 나갔던 무릎 아래는 짙은 마기가 뭉쳐 다리의 형상을 띠고 있었다.

"더 놀고 싶은데. 뭐 없나?"

모로 꼰 얼굴에서는 광기가 마기와 한데 어울려 넘실거렸다.

사타왕은 주변을 둘러봤다.

곳곳이 그가 좋아하는 싸움으로 가득하다.

하지만 어느 곳 하나 쉽게 비집고 들어갈 만한 곳이 없다.

끽해야 다른 형제들이 싸우고 있는 곳이랄까.

아니, 그보다.

"내가 있는데도 왜 아무도 신경을 쓰지 않는 거지?"

사타왕은 화가 나 씩씩댔다. 아무래도 자신의 존재감을 저들에게 확연히 드러낼 필요가 있을 듯싶었다.

「려. 려. 려. 려. 려.」

「려에게 내 모습을 보여 주고 싶어.」

「려에게 가고 싶어.」

「려! 려! 려!」

사타왕은 머릿속을 따라 울리는 과보의 울분을 힘껏 가슴에 담아 사자후를 내질렀다.

"크아아아아아아아아아!"

쿠우우우우우우우우!

단지 함성만으로 산자락이 울리고 하늘이 떨리는 것을 본 적이 있는가!

그가 뿜어낸 기세가 파장을 그리며 퍼진다.

어마어마한 양의 마기를 담고서!

그나마 겨우 버티고 있던 아미산의 봉우리 일부가 무너진다.

그 위로 격전을 벌이던 이들 전부가 두 눈을 부릅뜨며 사타왕이 있는 곳으로 고개를 돌렸다.

특히 부처들의 경악이 가장 컸다.

—……!

—……!

—이, 이건 대체 뭐란 말인가!

—설마!

—효마……?

부처들에게 있어서도 '효마'나 '려'란 존재는 공포로 다가올 수밖에 없는 존재였다. 과거 수미산에서 그로 인해 그들 자체가 멸절될 뻔한 적이 있을 정도였으니.

제천대성이 효마의 환생이라는 것은 이제 다들 알게 되었다지만, 그래도 대개 당시 갈라진 영혼의 파편 중 일부에 지나지 않을 거라 여기는 정도였다.

그래서 마기를 다룰 수 있을 거라 여기지는 않았건만.

그런데 효마의 기운이 이리도 잔뜩 풍기다니.

사타왕의 기운은 그만큼 그들의 간담을 서늘하게 만들기

에 충분했다.

　　—아니다. 놈은 효마가 아니야! 효마를 추종하
　　는 불나방이다! 제길! 제천대성이 각성하면서 놈
　　이 뿌린 마의 파편이 감응을 하는 겐가!

그러다 어느 부처가 사타왕의 정체를 읽었다.

　　—과보로구나! 해를 쫓았던 바보 거인!

바로 그때였다.

콰아아아아아아아아앙!

사타왕이 기운을 용천혈 쪽으로 한껏 끌어내리더니 지면
을 박차 쇄도했다. 잘린 오른팔 부근에서도 어느덧 마기가
뭉쳐 팔의 형태를 떴다.

그가 먼저 도착한 곳은 붕마왕과 풍천이 격전을 벌이던
곳이었다.

가뜩이나 붕마왕에게 강림한 사유에 의해 고역을 면치
못하던 풍천은 갑작스러운 사타왕의 난입에 기겁하고 말았
다.

퍼어억!

"컥!"

단번에 사타왕의 손날이 풍천의 가슴팍을 뚫고 나왔다.
심장이 손에 잡혔다.

"뭐야? 약하잖아."

"이런…… 말도 안 되는……!"

"흐음. 딴 걸 해 볼까?"

풍천은 마저 말을 잇지 못했다.

사타왕이 쥐고 있던 심장을 부숴 버렸다.

신체 활동이 완전히 정지하기 전에 석가의 사리를 사용해서 간격을 벌리고자 했다.

하지만,

"키키키키킥. 이건 어떠냐?"

"……!"

사타왕은 다시 따라붙으면서 짓궂게 웃더니 풍천의 사지를 뽑아 버렸다. 고통에 찬 비명을 지르고 싶었지만 혀까지 뽑혀 그럴 새도 없었다.

"으음. 이것도 약한데. 어쩌지? 그냥 버리고 딴 놈이라도 찾아야 하나?"

"으어어어어어! 어어어어어!"

마치 잠자리 날개를 뽑고 구경하는 아이처럼, 사타왕은 고통에 몸부림치는 풍천의 모습을 가만히 지켜봤다.

풍천은 어떻게든 다시 석가의 사리를 부려 이 고통에서 벗어나고 싶지만, 이상하게 사리가 꿈쩍도 않았다.

'어째서……?'

사리가 검은빛에 물들어 있었다.

'어째서냐아아아아아!'

사리는 사타왕이 풍기는 마기에 침식되어 빛이 서서히 사그라지다 끝내 퍼석 하고 조각이 났다.

"어어어어어어어!"

안 된다는 절규를 내뱉지만 이미 몸은 말을 듣지 않았다.

"시끄러워, 진짜."

사타왕은 인상을 찡그리면서 풍천의 머리통을 바쉈다. 몸뚱이가 축 늘어지다 사라진다. 여섯 번째 봉신이었다.

붕마왕은 여태 귀찮게 했던 놈을 아우가 대신 처치해 줬는데도 기뻐하는 얼굴이 아니었다. 도리어 부채를 활짝 펼치고서 경계심을 단단히 드러냈다.

"돌아와, 새꺄."

예쁘장한 얼굴과는 전혀 어울리지 않는 말투.

사타왕이 미간을 찌푸리며 으르렁거렸다.

"도와줬더니."

"도와 달라고 누가 그랬어?"

"누이. 아무리 누이라도 주둥이 함부로 놀리면……!"

탁!

붕마왕은 들고 있던 부채로 사타왕의 미간을 쳤다.

"놀리면 뭐? 어쩔 건데?"

"……."

"먹히지 마. 네가 무슨 애야? 고작 그런 것에 홀리게? 큰
오라비 보기 부끄럽지도 않아?"

일순, 사나워지던 사타왕의 기세가 움츠러들었다.

"너랑 그 속에 든 건 어디까지나 동업자야. 잊지 마."

사타왕의 눈가에 맺혔던 광기가 거짓말처럼 사그라졌다.
그를 따라 풍기던 검은 마기도 흩어지면서 잘린 팔다리가
드러났다.

"음핫핫핫! 누이가 아니었으면 큰일 날 뻔했는데?"

"너, 그 꼴이……!"

"아, 이거? 뭐 별거 아냐."

"이게 어떻게 별게 아닐 수가 있어!"

"하하하하하핫!"

"웃음이 나오니!"

붕마왕은 조급한 마음에 한숨을 내쉬었다.

'하여간 단순한 건 알고 있었지만, 이 정도일 줄은!'

사타왕은 심란한 누이의 마음을 아는지 모르는지 웃음만
연신 터뜨려 댔다.

*   *   *

사타왕이 지나간 자리를 따라 남겨진 검은 마기.

구름이 일듯 뭉게뭉게 마기가 점차 퍼졌다.

＊　　　＊　　　＊

이따금 교룡은 그런 생각을 하곤 했다.

'내가 만약 마경에 들어가지 않았다면 어떻게 됐으려나?'

그야 대답은 뻔하다.

'그저 그런 악선으로 지내다 객사나 했겠지, 뭐.'

만사가 귀찮고 사는 것도 지겹기만 한 그로서는 인생이
란 있어도 그만 없어도 그만인 무의미한 것이었다.

그런데도 살아가는 이유.

아직 할 게 많으니까.

'가령 이런 거라든지.'

척!

교룡은 짝다리를 짚고 건들거리면서 바닥에 주저앉은 화
천에게 단검을 겨눴다.

"마지막으로 남기고 싶은 말은? 뭐 없냐?"

파락호 같은 모습과 다르게 주변은 심상치 않았다.

얼마나 거친 격전을 벌였는지 땅거죽이 몇십 번이고 뒤
집혀 평면은 찾아볼 수가 없었고, 깊게 파고 들어간 지면은
위가 제대로 보이지 않을 정도였다.

불꽃이 몇 번이고 지나갔을 주변은 온통 시커먼 그을음이 남았으며, 그 위를 따라 드문드문 용암이 드러나 강처럼 타고 흘렀다.

화천은 이를 악물었다. 원통하다는 표정이 얼굴에 가득했다.

"죽…… 여라."

"그러지 말라고 해도 그러려 했어."

스걱!

교룡은 단숨에 화천의 목을 잘랐다.

놈에게서 뿜어져 나온 하얀 피가 새카만 땅을 적시면서 사지(死地)를 생지(生地)로 되돌렸다.

부처의 피는 생명을 담고 있다던가.

파괴할 줄밖에 모르는 교룡에게는 신기하기 짝이 없는 광경이다. 별로 관심은 없었지만.

척!

"반호라고 했나? 이만하면 됐냐?"

「고맙군…… 다음에도 부탁하지.」

"이쪽은 됐거든?"

교룡은 귀찮은 일은 딱 질색이라며 혀를 가볍게 차고는 열다섯 번째 봉신을 완료하고 돌아섰다.

*　　　*　　　*

퍼퍼퍼퍼퍼퍼펑—!

곳곳에서 벌어졌던 전투는 하나둘씩 결과를 도출했다.

결과는 압도적.

빠른 속도로 부처의 봉신이 이뤄졌다.

미후왕과 우옹왕도 마침 일천과 월천을 동시에 벴다.

각각 스물일곱 번째, 스물여덟 번째 봉신이었다.

뚝, 뚝.

하얀 피가 지상에 흩뿌려졌다.

*　　　*　　　*

—호세천부가……!

—제길! 대체 어떻게 된 거야! 범천은! 범천은
대체 뭘 하고 있는 거냐고!

부처들은 한없이 밀리다 끝내 소수만 남기고 모두 봉신,
결국 몇 안 남은 이들만이 남아 복마전에 둘러싸이고 말았
다.

"당장이라도 투항해라. 그럼 모두 편히 보내 주지."

복마전주가 싸늘하게 웃었다. 그럴수록 복마전의 포위망

도 점차 좁혀졌다.

　　—범천! 범처어어어어어어언!

　하지만 이 자리에 없는 자를 아무리 불러본다고 한들 달라질 것은 아무것도 없었다.

　결국 부처들은 마지막 남은 존재에 의지할 수밖에 없었다.

　　—용수.

　　—…….

　　—당신만이 우리들에게 길을 열어 줄 수 있을 것 같소.

　호세천부는 궤멸을 면치 못했고, 제석천은 저만치 떨어진 곳에서 제천대성에게 계속 밀려 정신을 차리질 못하고 있었다.

　그나마 이중에서 가장 연륜이 많고 학식이 깊은 이가 무슨 수를 낼 수 있지 않겠는가.

　용수라 불린 부처가 침통한 얼굴로 입을 열었다.

　　—퇴각…… 합시다.

　　—하지만……!

　　—이 기회를 놓치면 다음은 언제 올지 모를……!

　　—연유는 알 수 없지만, 범천도 없는 마당이오. 제석천도 저 모양일진대, 대체 우리가 뭘 할 수

있단 말이오?

　—크으으으윽

부처들은 모두 원통하다는 얼굴이 되었지만, 그렇다고 해서 자신들이 할 수 있는 건 더 이상 없었다.

"퇴각? 네깟 놈들이, 어디로? 쓸데없는 짓 하지 마라."

복마전주가 한 발자국 가까이 다가간다.

용수는 쓸쓸하게 웃으면서 품을 뒤적이더니 석가의 사리를 꺼냈다. 다른 부처들도 똑같이 사리를 꺼내 주먹에 꽉 쥐었다.

　—이것은 우리가 여와의 눈을 속여 하계에 있
　을 수 있게 해 주지. 그러니 이게 없다면 어떻게
　되겠는가?

"뭐?"

　—언제 다시 올지는 기약 없지만. 다음 기회를
　노리는 수밖에.

여기서 석가의 사리가 사라진다면 강림이 끊길 터. 그렇다면 절지천통의 법칙에 따라 본체가 있는 천계로 되돌아가고 말겠지.

와그작!

그들은 미련 없이 손에 쥔 사리를 잘게 부쉈다.

하지만,

—뭐…… 지?

—어째서 강림이 풀리지 않는 거냐……?

용수를 비롯한 부처들은 당황하고 말았다.

법구가 깨졌는데도 강림이 이뤄진다?

그때 복마전주가 비웃음을 날렸다.

"설마 너희들이 도망치려는 것 하나 염두에 두지 못했을까?"

—무슨……!

"멍청하군. 아직도 모르겠나? 지금 이곳이 누구의 땅인지를."

용수 등은 하늘을 올려다보다 뒤늦게야 깨달았다.

어느새 하늘을 거의 뒤덮다시피 한 검은 마기.

이곳은 이제 불가의 영험한 성지, 아미산이 아니었다!

—우, 우마왕의 권역이었나……!

"그래. 이곳이 바로 마경이다."

—……!

—……!

어느 누구도 말을 잇지 못한다.

여태 우마왕이 가만히 있기만 했던 이유.

사실은 자신들이 싸움에 정신이 팔려 있는 동안 그의 지배하에 놓기 위해서였나.

—하, 하하하하하하……!

그리고 또한 알았다.

분명 범천이 이 사실을 알 것이면서도 나서지 않았던 이유를.

—아아, 그렇구나. 그대가 원한 것은.

용수가 자조 어린 미소를 던진다.

—우리들의 피였던가?

그 말과 함께,

푸화아아악!

용수를 비롯한 부처들은 동시에 손날로 제 목을 스스로 그었다.

하얀 피가 바닥에 뿌려지며 마지막 봉신이 이뤄졌다.

                    *   *   *

「범천…… 당신은 결국…….」

「우리들의 피로써…… 종말이…….」

「이러한다면…….」

소호 금천은 청구검을 거두면서 살짝 미간을 찌푸렸다.

'종말?'

용수 등이 봉신되면서 마지막으로 내뱉은 수수께끼 같은 말들. 끝내 '인질'이 무엇인지 알아내지도 못했건만.

이번 부처들과의 전투는 많은 의문만을 남긴 셈이다.

"이제야 끝났군."

그때 공간이 열리면서 이예가 나타났다. 상당히 지친 기색이 역력했다.

"수고 많았으이."

소호 금천은 그의 어깨를 두들겼다.

이예는 가볍게 고개를 끄덕이다 주변을 둘러봤다.

"지호는?"

"다른 곳으로 갔다네. 이곳은 많이 답답할 테니까."

"거기도 무사히 끝나겠지요?"

"그걸 말이라고 하시는가? 아마 지금쯤 다 끝나고 말았을 걸세."

"하긴."

이예는 피식 웃었다.

제석천이 제아무리 천불 중에서도 손꼽히는 강자라고는 하나, 이미 지난 삼십여 년간 주신의 반열에 오르기 시작한 지호를 감당하기는 힘들리라 여긴 것이다.

"하면 이만 나가세."

이예는 마경 내에 있는 동주칠마왕과 복마전에 이만 떠

나자는 내용의 심령을 날렸다.

소호 금천은 고개를 들어 다시 하늘을 봤다.

그러다 작게 중얼거렸다.

"이만하면 된 것 아니오, 범천?"

"그럴 리가. 이제 시작인 것을."

범천은 하계를 비추는 물거울, 수경(水鏡)을 매만지면서 가만히 웃었다.

분명 위치한 세계가 다른데도 불구하고 소호 금천과 그는 서로 눈이 '마주치고' 있었다.

"홍해아."

스르르, 수경 앞으로 홍해아가 나타난다.

녀석은 이지를 상실한 눈으로 범천을 바라보다, 이내 발끝에서 올라오는 기운에 휩싸여 붉은 구슬로 변했다. 그 옆으로 파초선이 녹아든 녹색 구슬과 범천의 힘이 담긴 푸른 구슬도 나타나 나란히 섰다.

"가려무나."

범천이 검지로 수경을 가만히 두들기자, 퍼석 하는 소리와 함께 거울이 아주 잘게 깨졌다.

그리고 거울 구멍 안으로 세 구슬이 똑 떨어졌다.

                    *   *   *

둥.

처음에는 소리가 아주 미약했다.

아무도 듣지 못했다.

두우웅.

"뭐지?"

이상한 낌새를 알아차린 건 두 번째 무렵이었다.

마경을 빠져나갈 준비를 하던 이예는 잠깐 멈칫거리면서
고개를 들었다. 소소소, 등골을 따라 소름이 돋았다.

마치 예전에 권렴대장이 옥황상제의 명에 따라 내려왔을
때 받았던 느낌과 똑같았다.

"왜 그러나?"

"아니오. 아무것도. 그냥 착각일……!"

이예는 마저 말을 잇지 못했다.

두우우우웅!

이번에는 소호 금천도 느꼈다.

소리의 근원지는 마기가 흐르는 하늘.

천리지청을 그곳으로 집중시켰다.

검은 하늘이 '눌리고' 있었다.

마치 외계에 있는 거대한 무언가가 검지로 꾹 누르는 것처럼 하늘이 이쪽으로 휘어졌다. 비틀린 공간을 따라 검은 마기가 회오리를 치면서 어떻게든 반발을 하려 하지만 아무것도 허용되지 않았다.

아미산 전역에 걸쳐 설치되었던 마경이 강제로 찢어지려 했다.

"설마……?"

소호 금천의 눈동자가 심하게 떨렸다.

제아무리 신이나 부처라 할지라도 세상을 뒤덮는 하늘을 저토록 함부로 다룰 수 있는 자는 거의 없다.

있다면 딱 하나.

신위를 하늘로 둔 자밖에는.

"범천!"

녀석이 손을 쓰려는 것이다!

"젠장! 대체 이게 무슨 일이야!"

"아, 쉬고 싶었는데……."

"전원, 해산하라! 최대한 멀리 이곳을 벗어나라!"

동주칠마왕과 복마전은 재빨리 몸을 사방으로 날렸다. 외부에서 무슨 공세가 가해질지 모를 때는 최대한 서로 간의 간격을 벌려야 했다.

눌릴 만큼 눌리던 하늘은 이미 그들이 있던 장소까지 내려온 상태였다.

그리고 바로 그때부터였다.

재앙이 시작된 것은.

콰지지지직, 콰콰콰콰콰콰!

끝내 하늘이 압력을 버티지 못하고 구멍이 났다. 그러자 하늘 전체에 걸쳐 잔뜩 실금이 그어졌다. 마치 하늘이라는 거울을 떨어뜨린 것처럼 조각조각 났다.

하늘이 깨진다?

보는 이로 하여금, 하늘 아래 살아가는 피조물로 하여금 소름이 돋을 수밖에 없는 광경이었다.

그리고 마치 지천(支川)이 한데 모이는 강물처럼 이리저리 뒤엉켜 있던 검은 마기가 그대로 흩어지면서 마경이 부서졌다.

　　—아무래도 마경을 유지하는 것은 여기까지인
　것 같다. 놈이 제법이야.

그때 우마왕의 목소리가 울렸다.

여태 종말이 거세지 않도록 손을 쓰고 있었던 것이다.

콰아아아아아아아아앙!

"쿨럭!"

마경을 유지하던 우마왕이 반발력을 이기지 못하고 피를 토했다. 시뻘겋게 충혈된 눈으로 하늘을 보며 쓰게 웃었다.

"기어코 일을 저지르는구나, 범천……!"

그리고,

콰르르르르르르르르르릉!

잔뜩 균열이 간 하늘은 금방이라도 지상으로 쏟아질 것
처럼 위험하게 보였고, 땅은 먼지가 잔뜩 일면서 세상 전체
가 격동하기 시작했다.

문제는 격동의 범위가 아미산이나 마경이 있던 지역에
국한된 것이 아니라, 하계 전체에 걸쳐 진행된다는 점이었
다.

쩌거거거거거걱, 콰아아아앙!

이윽고 마경이 걷히면서 균열이 빠른 속도로 하늘 전체
에 걸쳐 퍼져 나갔다.

그러다 조각조각 났던 하늘 중 일부는 금방이라도 떨어
질 것처럼 위태롭게 굴다가 결국 버티지 못하고 추락했다.

쿠우우우우우우웅!

조각 난 하늘이 떨어진 자리에 우뚝 서 있던 산자락이 그
대로 뭉개진다. 마을이며 사람들, 동물들은 흔적조차 남기
지 못하고 박살 났다.

하늘이 떨어진 빈자리 너머에는 무저갱처럼 어둡고 우주
처럼 시커멓기만 한 것이 남았다.

공허.

아무것도 존재하지 않는 세계의 외곽.

달리 허수 세계라 불리는 그곳으로, 하계의 공기가 대거 빨려 들어갔다.

밀도가 높은 곳에서 낮은 곳으로 공기가 흐르는 것은 지극히 당연한 물리 법칙.

하지만 그것을 부처란 존재, 아니, 그마저도 뛰어넘은 우주적인 존재가 개입하여 일으킨다면 큰 재앙이 되고 만다.

마치 이 세상에 있는 모든 공기를 빨아들이겠다는 듯이 어마어마한 속도로 바람이 움직인다.

당연히 곳곳에서 강풍이나 폭풍이 불 수밖에 없었고, 바람이 쉽게 빠져나가지 못한 자리에는 회오리가 생겨 지면을 갈기갈기 찢었다.

세상이, 뭉개지고 있었다.

그리고 그 아래.

콰콰콰콰콰콰콰!

지호와 제석천이 하늘을 따라 싸우고 있었다.

"이것이, 너희들이 말하는 정의냐?"

"어차피 모두 헛된 잔상에 불과한 것을."

"이 미친놈들이…… 진짜!"

둘은 천둥과 벼락을 몰며 치열한 격전을 벌인다.

제석천이 금강저로 지호의 머리를 후려치자, 지호는 여의봉으로 금강저를 흘리면서 바싹 몸을 붙인다. 금강저가 스친 자리로 공간이 찢어지면서 벼락이 떨어져 세상이 잠깐 샛노랗게 물들었다. 지호는 어깨를 곧추세워 놈의 복부를 후려쳤다. 불꽃이 터지면서 제석천을 집어삼켰다.

하지만 불꽃은 언제 그랬냐는 듯이 사라진다. 제석천은 지호의 하체를 쓸고, 지호는 제석천의 상체를 내리쳤다.

하늘이 쪼개진다. 지면이 세게 갈라진다.

불꽃을 뿌린다. 벼락을 내린다. 얼음이 치솟는다. 땅이 내려앉는다.

둘이 부딪치는 자리는 차라리 또 다른 개벽이 일어나는 것이 아닐까 싶을 정도로 치열하고 팽팽했다. 서로 한 치도 물러서지 않았다.

쿠쿠쿠쿠쿠쿠쿠—!

"저, 저, 저게 대체 뭐야……!"

"사람? 부처?"

"신인인가?"

"보면 모르겠나! 저건 흉신이라고, 흉신! 부처께서 흉신을 제압하러 내려오신 거라고!"

"아아, 하늘이 무너지다니. 어찌 이런 일이……!"

사람들이 혼란에 젖는다.

하늘이 무너지는 광경이라니.

보고도 도저히 믿기지 않는 모습이다.

그리고 그들은 그 모든 비난을 지호에게로 돌렸다.

겉면만 봤을 때는 천상의 장군처럼 성스러운 빛으로 둘러싸인 제석천이 끔찍하기 이를 데 없는 흉신인 지호를 제압하러 나서는 모습처럼 보였기 때문이었다.

하지만 구경은 쉽지 않았다.

"아아아아아악! 이, 이게 뭐야아아아!"

"소아야! 소아야!"

"지, 지, 지, 집이……!"

어느덧 바람이 강해지더니 지상을 통째로 흔들었다.

건물이 무너진다. 산이 송두리째 뽑힌다. 지면이 뜯겨 하늘을 향해 융기한다.

중력의 법칙 따윈 모두 필요 없다는 듯이 사람이며 물건이며 어느 것 하나 가리지 않고 강풍에 휩쓸려 하늘로 쓸려 나갔다.

모두가 처절하게 지르는 비명 따윈 바람 소리에 묻혀 들리지 않았다.

온갖 혼란이며 경악과 공포에 찬 사념이 세상에 가득 퍼졌다.

—**막아라! 막아야 한다!**

소호 금천은 다급한 기색으로 모두에게 신의 목소리를 전달했다.

당장 지호는 자신에게 쏟아지는 제석천의 공세를 막아
내는 것만 해도 충분히 힘에 부쳐 보였다. 특히 하늘에서
이상한 힘이 쏟아지면서 제석천의 힘도 덩달아 강해지고
있었다.

당장 이 모든 걸 모두 막지는 못하더라도 할 수 있는 건
해야 했다.

팟!

축지를 열어 가장 가까운 곳으로 몸을 날린다.

"소아야, 괜찮단다. 괜찮단다. 다 잘 될 거니 울지 말거
라."

"빨리 내 손을 잡아, 어서!"

"어어어……."

저곳에 마구 허우적대면서 품에서 떨어지는 아기를 어떻
게든 붙잡으려는 어미가 있었다. 어떻게든 서로의 손을 잡
으려 하지만 점차 멀어지는 연인이 있었다. 날아가는 바위
에 부딪쳐 머리가 깨진 사람이 있었다.

"그만하란 말이다!"

소호 금천은 잔뜩 노한 얼굴로 청구검을 세차게 휘둘렀
다.

칼날을 따라 맺힌 빛무리가 번쩍인다.

공간을 격하고, 그 너머에 있는 공허를 벴다.

하지만 아무것도 존재하지 않는 곳이니 아무리 그어 봤자 흔적도 남지 않는다. 그가 베고자 했던 것은 공허로 빨려 들어가는 공기의 중심점이었다.

촤아아아아아악!

마치 비단을 가위로 자르는 것처럼 중심점이 부서지면서 바람이 뚝 끊긴다.

순간, 하늘을 유영하던 모든 것들이 힘을 잃고 지상으로 추락했다.

"꺄아아아악!"

"사람 살려어어어!"

소호 금천은 이를 악물고 왼손을 아래로 뻗어 그대로 세게 움켜쥐었다. 그러자 추락하던 것들이 모두 거짓말처럼 멈췄다.

선술로 그들을 둘러싼 공간 자체를 틀어쥔 것이다.

하지만 저 많은 것들을 쥔다는 것은 소호 금천에게도 쉬운 일이 아니었다. 두 눈에 핏대가 잔뜩 선 채로 축지를 밟아 그들이 지상에 안착할 수 있도록 도왔다.

그사이에도 재앙은 급속도로 이어졌다.

소호 금천이 담당한 곳 외에도 하늘 조각들이 떨어지면서 곳곳에 공허가 열리고, 지면에 있는 모든 것들을 빨아들이려 했다.

동주칠마왕과 복마전이 열심히 뛰어다니지만 세상 전체를 감당하기엔 역부족이었다.

겁풍.

세상이 파멸에 잠길 때 분다는 큰 바람이 이러할까?

때문에 지면도 버티지 못하고 잔뜩 균열이 가다 일부가 융기되거나, 아예 지반 전체가 허공으로 떠오르는 등 말도 안 되는 일이 발생했다.

결국 지하를 따라 흐르던 용암이 솟구쳐 지상으로 흐르고, 화산이 폭발해 곳곳에 거대한 불꽃을 일으켰다.

거기다 화마는 바람이 더해져 빠른 속도로 확산되기까지 했으니.

겁화!

불바다는 단숨에 육지 전체로 고루 퍼져 나갔다.

겁화가 닿지 않은 바다 영역은 장장 몇 미터나 되는 거대한 해일을 일으키면서 해안 도시를 뒤덮고, 저들끼리 충돌을 반복했으니.

이 역시 겁수라 할 수 있으리라.

겁풍, 겁화, 겁수. 종말과 함께 찾아온다는 대재앙, 삼겁(三劫)은 신과 부처가 싸우면서 하계에 남긴 흔적 따윈 티끌에 지나지 않는다고 마구 자랑하는 듯했다.

그야말로 삼라만상의 이치를 강제로 비트는 광경.

소호 금천은 그럴수록 더더욱 화가 치밀었다.

이건 숫제 자신들이 가질 수 없으니 아예 철저히 망가뜨리겠다는 심산이 아닌가!

"부처들이 피를 뿌리게 한 건 이것 때문이었나……!"

봉신된 부처들은 일종의 공양이었다.

하늘이 강한 힘을 발휘하도록 이끄는 공양.

본디 피란 생명이기 때문에 강한 힘을 담고 있었다. 게다가 부처의 피라면 천금을 주어도 바꾸지 못할 희귀한 것이었다. 그런 것을 잔뜩 모을 수 있다면 여와의 의지를 비트는 것도 가능하겠지.

종말(終末).

범천은 이 세상에 말세를 가져오려 하고 있었다.

바드득.

이가 잔뜩 갈렸다.

'대체 저승에 무엇이 있기에 그대들은 부처로서의 자긍심도 잊어버리고 이딴 짓을 저지른단 말이냐!'

부처란 자비를 말하고 대중을 평화로 이끄는 존재가 아니던가?

그런데 어째서 이런 일을 저지른 거지?

하지만 저들이 어떤 꿍꿍이를 지니고 있는지 아무도 대답 따윈 해 주지 않았다.

그러니 답을 채근하기보다는 그저 한 명이라도 더 살려 보겠다며 뛰어다니는 수밖에 없었다.

하지만 삼겁의 속도는 계속 빨라졌다.

그리고 끝내 하늘에 멍울진 공허들이 한데 뒤엉키면서 하나로 뭉쳤을 때.

그것은 하나의 눈이 되었다.

빛을 머금은 눈.

아니다.

"하늘 전체가 범천의 권역이 된 것인가……!"

우마왕이 마경을 펼치듯, 지호가 천산에 걸쳐 권역을 설치하듯, 범천은 하계의 하늘 전역에 걸쳐 자신을 단단히 고정시킨 것이다.

부처의 피를 공양 삼았기에 가능한 이적이란 걸 알면서도, 호세천부의 수장이자 부처의 시초라 할 수 있는 자이기에 가능하다 싶기도 했다.

아마 이러한 존재감은, 옥황상제나 석가여래가 아니고서야 아무도 해내지 못할 것이다.

아니, 꼽으라 한다면 딱 하나 더 있겠지.

우마왕.

—오랜만이구나. 소호. 하지만 지금 난 그대와 어울려 줄 시간이 없음이니.

주름진 눈은 소호 금천에게 가벼운 웃음을 보이다, 눈동
자를 굴리며 그보다 더 위쪽으로 향했다.

우마왕이 표정을 잔뜩 굳힌 채 서 있었다.

　―보았느냐.

"그래."

　―어땠느냐?

"조잡스럽더군."

　―그래. 본래 내 것이 아닌 그대의 것이니까.
그중 일부에 일부만 보인 것에 불과한데도, 하계
는 이리도 재앙을 겪는구나. 종말이 찾아와. 묵시
록의 짐승이여.

우마왕의 인상이 잔뜩 일그러진다.

다시는 듣고 싶지 않았던 이름이건만.

　―그러니 이제 묻겠다.

범천이 차가운 어조로 물었다.

　―아들이냐, 하계냐?

우마왕은 질끈 눈을 감았다.

결국 이런 날이 오고 말았구나.

기실 지금 범천이 강림하면서 일어난 삼겁은 그가 지녔
던 막대한 권능의 '일부' 였다.

"아아, 참으로 두려운 아이로구나."

처음 세상이 잉태되고 수미산이 갓 만들어졌을 때.
여와는 자신의 손길이 닿지 않았는데도 불구하고 어둠
속에서 스스로 태어난 자신을 두고 그렇게 말했다.

"나는 지금 창세(創世)를 이루고 있으나, 너는 언
젠가 말세(末世)를 가져오겠구나. 양이 있으면 음이
있고, 햇볕이 있으면 그림자가 지는 법. 이 또한 섭
리의 일부일 테니. 너는 부디 그 힘을 아끼고 또 아
껴 좋은 일에만 써야 할 것이니라."

우마왕은 그게 무슨 뜻인지 전혀 몰랐다.
그저 자신이 바란 것은 단 하나.
여와의 사랑뿐.
하지만 여와는 언제나 자신을 따스한 눈빛으로만 바라볼
뿐, 그가 바라는 눈빛을 주지는 않았다.
그것은 자식과 가족을 바라보는 눈이었다.
절대 연인을 향한 애정의 눈이 아니었다.
결국…… 여와는 스스로 인과율에 녹아 세계수가 되었
다.

이 세상에 홀로 그만을 버려두고서.

　"이깟 세상이 무엇이기에! 당신은……! 당신은 왜
　희생되어야 한단 말이야!"

그렇게 어린 우마왕은 세상에 대한 증오를 키웠다.
하지만 세상을 망가뜨리거나 하지는 않았다.
그저 한 발자국 떨어져서 지켜보기만 했다.
　여와, 당신이 말하는 세상이 어떤 것인지 보겠어. 하지만
이곳이 망가졌다고 생각했을 때, 내 손으로 무너뜨리고 말
겠어.
　당신이 말했듯이 나는 말세를 부를 존재니까.
　묵시록의 짐승이니까.

　"당신이 그분께서 말씀하셨던 자로군. 어떤가?
　우리와 함께하지 않겠나? 나를 따른다면 세상을
　줄…… 히이이익! 시, 싫다면 그, 그냥 떠나겠으니
　제, 제, 제발 목숨만은……!"

제 주제도 모르고 불나방처럼 달려드는 놈도 있었다.
그저 강하다는 말에, 자신을 수족으로 부릴 수 있을 거라

여겼던 놈들.

자신이라면 수미산의 주인이 될 수 있으리라 여겼던 자
들.

우마왕은 그런 놈들이 있을 때마다 죽였다.

여와가 살생은 되도록 피하라 하였지만, 그래도 짜증 나
는 것은 참을 수 없었다. 여태 억누르고 있는 것만 해도 기
적이나 다름없었다.

시간은 흐르고 계속 흘렀다.

삼황이니 뭐니 하는 놈들이 세상을 일궜다. 인간이 불을
쓰고 문자를 다루며 집을 일구어 숫자가 나날이 늘어나는
것을 봤다. 신들이 저마다 편을 나눠 싸운다는 말을 들었
다.

그의 눈에는 불나방들이 날뛰는 꼴로밖에 비치지 않아
짜증은 더 심해졌다.

벌레 따위가 자꾸 여와의 마당을 어지럽히다니.

고작 이깟 놈들 때문에 여와가 그리된 것이었나?

차라리 이놈들을 모두 죽여 버리고 자신이 수미산의 주
인이 될까 하는 생각도 했다.

종말이 빨리 찾아온다면 여와와 만날 수 있지 않을까 하
는 생각도 들었다. 다만, 그래서는 여와가 슬픈 얼굴을 할
것 같아 그럴 수가 없었을 뿐이었다.

그러던 어느 날.

녀석이 찾아왔다.

　"당신이 마왕이십니까?"

　―그렇다면?

또 힘을 빌려 달라는 녀석인가.

　검은 머리에 금색 눈. 제법 말끔한 인상에, 체내에 숨겨

둔 힘도 제법이었다.

　하지만 귀찮은 건 딱 질색이라 치워 버리려 했는데,

　"이곳에 마을을 일구고 싶습니다."

　―마을을?

　"예. 부족하나마 저를 따라 온 사람들이 있습니

　다. 따로 머물 곳이 없어서 그런데…… 어떻게 안

　되겠습니까?"

어둠 속에서 우마왕은 인상을 찡그렸다.

아무래도 머리를 쓰는 놈이 찾아왔다 싶었다.

간혹 그런 놈들이 있었다.

우마왕을 강제로 꾀려 해 봤자 분노만 살 뿐이니, 마음을

사기 위해서 다른 수작을 부리는 작자들이.

그런 놈들 역시 제 마음을 비친 순간 죽은 건 매한가지였으니, 이놈도 다르지 않을 거라 여겼다.

다만 걸리는 점이 있다면 영역 인근에 마을이 조성될 경우 시끄러워지는 것이었지만, 속이 음흉할 게 분명한 놈이 얼마나 크게 마을을 일구겠나 싶어 허락했다.

　　—마음대로.

신기하게 그 뒤로 녀석은 단 한 번도 모습을 비치지 않았다.

대신에 영역 인근이 시끄러워졌다.

마을이 만들어지고, 사람이 불어났다.

　　—뭐지, 이건?

우마왕은 처음으로 당황했다.

정말 제대로 된 마을이 만들어졌으니까.

농작물을 일구고 소나 돼지 따위를 키운다. 사람 숫자도 나날이 불어나 마을 규모도 커졌다.

절대 그냥 자신의 환심을 사기 위한 것이 아닌 '정착'을 위한 것임을 알 수 있었다.

혹시 자신을 뒷배경으로 두는 건가 싶어도 녀석들은 다른 마을이나 도시를 침략한다거나 하는 모습을 보이지 않았다.

모두가 평화롭게 웃고 즐기는 곳이었다.

결국 우마왕은 궁금증을 이기지 못하고 마을로 나섰다.

　"우와아아아아아! 엄청 큰 아저씨다!"

　"아저씨! 아저씨! 아저씨가 우리 지켜 주는 고마운 아저씨 맞죠?"

　"소다, 소! 헤헤헤헤."

동네 아이들이 모두 모여 방실방실 웃어 댔다.

언제나 자신을 보면 두려워만 하지, 이렇게 모이는 경우가 없었기에 우마왕은 어쩔 줄 몰라 전전긍긍했다. 톡 하고 건드리면 터질 것처럼 여려 보이기만 했다.

　"바쁘신 분을 두고 다들 뭐하는 거냐! 훠이, 훠이! 어서 딴 데 가서 놀아!"

　"치! 아저씨, 나빠!"

　"나! 빠!"

"이것들이, 그래도?"

"헤헤헤헤헤. 아저씨 화났다아아아아!"

"하여간…… 정신 사납게 해서 죄송합니다. 못된
아이들은 아닌데, 하나같이 말썽꾸러기라서요."

자신에게 마을을 짓게 해 달라 요청했던 청년이 고개를
숙이며 인사했다. 대장장이 일을 하는 건지 볼에 숯검정이
가득 묻어 있었다.

그때 우마왕은 마음 한편에서 묘한 기분이 들었다.

그래서 틈만 나면 마을에 찾아갔다.

아이들과 놀아 주고, 사람들이 어떻게 사는지 구경했다.

정말 이들이 자신을 부려 먹는 게 아닌가 하는 의심도 끝
까지 갖고 있었지만, 어느 날 청년과 나눈 술자리에서 그게
전부 억측임을 알았다.

"여기 마을에 있는 사람들은 전부 버림을 받은 사
람들입니다."

—버림을?

"예. 약하다고, 쓸모없다고, 필요 없다고. 그렇게
내쳐진 자들이지요."

—누구한테서?

"그들의 왕, 혹은 신, 혹은 고향, 혹은 세상으로부터요."

─말도 안 된다. 무릇 군주란 백성을 섬기고, 보듬고, 아껴야 하는 존재가 아닌가? 한데, 어찌 군주가 백성을 버릴 수가 있다는 것이지?

"저도 그렇게 생각했지요. 하지만 이들은 그렇게 안타깝게 살아왔던 존재들입니다. 아무 데도 받아주는 곳이 없었기에…… 부득이하게 마왕께 부탁드렸던 겁니다."

버림을 받는 존재들이라?

언제나 세상을 버려 왔던 우마왕으로서는 전혀 다르게 느껴졌기에 그들은 그에게 있어 호기심의 대상이었다.

'그것이 나중에 마경의 배경이 될 줄 누가 알았을까?'

그 뒤로 우마왕은 그들과 함께했다.

그리고 여와가 말하는 '사랑'이 무엇인지도 알게 되었다.

하지만 세상에 영원이란 없는 법.

어느 날 마을이 무너졌다. 청년이 쓰러졌다.

커다란 전쟁이 발발했다.

우마왕은 오랫동안 고심했다.

도와야 하나? 말아야 하나?

자신이 나선다면 종말이 찾아온다. 그러니 지켜보자. 내가 본 그 아이라면 어떻게든 해낼 것이다…….

하지만 청년은 패했고, 다른 자가 승리했다.

우마왕은 텅 비어 버린 마을에서 홀로 웃고 말았다. 그리고 뒤늦게 자신의 감정을 깨달았다.

아아, 나는 이자들을 이리도 아꼈었구나.

그래서 일어섰다.

세상을 무너뜨리는 한이 있더라도 이 울분을 토하고 싶었다.

그때 얻은 별칭이 바로 마(魔).

누군가는 묵시록의 짐승이라 불렀다.

천계와 홀로 대적하여도 승리를 거둔 존재로서 세상에 공포로 군림하기 시작했다. 하지만 그의 옆자리에는 더 이상 녀석이 없었다.

그 뒤로 우마왕은 회한을 느끼며 세상을 떠돌아다녔다. 자신의 권능 중 일부를 떼어다가 딴 곳에다 풀었다.

그렇게 삼겁이 짐승에게서 떨어져 나갔다.

겁화는 홍해아로.

겁풍은 파초선으로.

겁수는 천계의 물로…….

한데, 그런 권능들이 범천의 손으로 떨어졌다.

진짜 주인 앞에서 이런 수작질이라니.

이건 농락이지 않은가?

'려. 나의 오랜 친구여.'

과거에 꺼내고 싶었지만 꺼낼 수 없었던 말을 삭인다.

오랜 세월을 뛰어넘어 다시 만날 수 있었던 친구의 잔재를 떠올리며, 기쁜 마음으로 부탁한다.

'뒤를 부탁하마.'

그리고 다시 우마왕이 눈을 떴다.

주름이 잔뜩 졌지만 소처럼 맑았던 그의 눈매는, 어느새 야성으로 가득한 들소의 것으로 바뀌어 있었다.

"그대는, 끝까지 비겁하구나."

으르르릉, 짐승이 울부짖듯이 들끓는 가래 소리를 따라 세상이 울린다.

—칭찬으로 듣지.

"그래도 명색이 하늘을 위(位)로 두고 있다는 자가."

—어찌하겠나. 이 거짓된 세상에서 내가 투영할 수 있는 결과는 한 줌에 불과할진대. 이렇게라도 결과를 이루는 수밖에. 추후 제대로 된 세상이 온다면, 그때 다시 고려해 보도록 하지.

"추하고 또 추하도다."

—그래서, 대답은?

"그 추함을, 씻겨 주마."

　　—아쉽군.

우르르르르—

하늘을 따라 짙은 그림자가 드리운다.

　　—그렇다면.

범천의 노기에 따라 겁화가 하늘을 태울 것처럼 높게 치솟고, 겁수가 지상을 뒤덮기 시작하며, 겁풍이 모든 것을 휩쓸었다.

　　—아들과 함께 종말에 잠겨라, 짐승아.

"같이 잠겨야 할 것은 내가 아니라, 너이니라."

우마왕은 여태 자신을 구속하고 있던 힘을 개방했다.

검은 마기가 폭풍이 되어 하늘과 땅 사이에 거대한 기둥을 세웠다.

크오오오오오오!

　　　　　*　　　　*　　　　*

세상을 쩌렁쩌렁하게 울리는 포효 소리.

지호는 제석천과 부딪치다 말고 녀석을 크게 밀어내면서 고개를 뒤로 돌렸다.

하늘과 땅을 이을 것처럼 세워진 기둥.

그 속에는 어마어마한 마력을 담고 있어 하계를 뒤흔드는 삼겁을 모두 쓸어 담아 총량을 재더라도 근처에 갈 수 있을까 싶을 정도로 대단했다.

화아아아아아아아!

그리고 마기 기둥이 서서히 뭉치면서 몸집을 형성하기 시작했다.

얼마나 거대했던지, 동체(胴體)가 지면에서부터 성층권에 달할 정도로 무시무시한 크기를 자랑했다.

마기의 폭풍을 뚫고 거대한 다리가 튀어나와 겁화를 찍어 누른다. 곰의 발처럼 굵고 단단한 다리는 핏줄과 힘줄이 서로 뒤엉켜 금방이라도 튀어나올 것처럼 꿈틀거렸고, 곧이어 마기가 씻기면서 나타난 몸뚱이는 마치 들소처럼 갈색빛으로 가득해 산맥을 통째로 올린 것 같았다.

특히 피부를 따라 단단하게 잡힌 근육은 마치 강철 같아 보는 이로 하여금 오금을 저리게 만들었다. 또한, 끝이 세 개로 갈라진 꼬리는 백향목을 휘두른 것처럼 단단했고 겁수를 단번에 뒤집어 버릴 정도로 어마어마했다.

그리고 이내 마기가 완전히 씻기면서 잔혹한 얼굴이 드러나니.

주둥이는 사자를 닮았고, 이빨은 상어처럼 톱니로 자글

자글하다. 특히 눈동자는 7개의 동공이 겹겹이 싸여 위화감을 조성해 세상을 담으며, 미간과 관자놀이에 난 9개의 뿔은 넝쿨처럼 서로 엉켜 꼿꼿하게 서서 겁풍을 모두 찢어버린다.

크와아아아아아아아앙!

묵시록의 짐승.

말세에 종말을 가져온다는 짐승은 거친 포효와 함께 자신에게 주어진 권능을 있는 힘껏 풀며, 하늘을 향해 소리를 질렀다.

범천이 뿌린 삼겁조차 묵시록의 짐승에게는 아무것도 아니었다.

"미쳤…… 군!"

제석천 역시 잠시나마 멍해진 채 우마왕이 주는 위압감에 넋이 나갔는지 고개를 절레절레 흔들었다. 천계의 최고 용장인 그라 할지라도 저것은 도저히 엄두가 나지 않았다.

지상에 있던 동주칠마왕과 복마전은 두 눈을 크게 떴다. 그들의 주인인 우마왕이 저렇게 오롯이 모습을 드러낸 건 그들로서도 처음 보는 광경이었으니.

"형님…… 단단히 화딱지가 나셨구만그래."

교룡이 짧은 소감을 던지는 동안, 소호 금천과 이예 등도 크게 놀랐다.

"역시 존재가 다르다는 건가."

"태초 때부터 존재했다더니…… 수준이 다르군."

그렇게 세상에는 경악과 충격만이 가득 퍼진다.

하지만,

'우마왕……'

지호는 그런 묵시록의 짐승을 보는 내내 슬픈 감정이 떠나질 않았다.

"내 뒤를 부탁한다."

마경을 떠나기 전, 우마왕이 자신에게 했던 말.

범천이 홍해아를 인질로 삼아 자신에게서 자물쇠와 열쇠를 빼앗아 오라고 했다던가.

"당연히 나는 거기에 응할 생각이 없다. 하지만
그 말을 따르지 않는다면 아들이 위험해지겠지. 해
서 나는…… 그러니 너는 내 뒤를 지켜 다오. 너라
면 잘 해낼 수 있을 것이니라."

회한은 잠시.

그때 길게 포효를 내지르던 우마왕이 범천이 강림한 하

늘을 향해 양손을 내뻗기 시작했다.

* * *

"범천."

"걱정하지 않아도 된다. 흘흘. 녀석이 당하지 않으려 마지막으로 발악하는 것에 지나지 않으니."

범천은 조각조각 난 수경으로 여전히 하계를 내려다보면서 기분 좋게 웃었다.

맞은편에 선 9명의 사내들.

그들은 하나같이 꼬불꼬불한 곱슬머리에 갈색이 도는 피부를 지니고 있었다.

체구도 각기 달랐고 저마다 다른 생김새를 자랑하지만 한 가지만큼은 똑같았다.

깊은 눈.

세상사에 통달해 차별과 망집을 버리고 진리를 꿰뚫는다는 혜안(慧眼)을 지니고 있었으니.

아라한.

석가여래가 각별히 아낀다는 제자들이었다.

사리불, 목련, 마하가섭, 부루나, 전연, 아나율, 우바리, 나운, 아난.

이미 하계로 내려갔다가 제천대성에게 봉신된 수보리의 사형제들. 그들도 하나하나가 절대 수보리에 뒤지지 않은 역량을 자랑했다.

　"그보다 모두 차비는? 다 되었느냐?"

　범천이 고개를 들어 아라한들을 올려다봤다.

　"예. 모두 준비를 갖추었습니다."

　"우마왕을 사르고 난 뒤에는 곧바로 제천대성을 잡을 것이다. 그리하면 바로 저승의 문이 열릴 것이니 단단히 마음을 먹어야 할 것이니라."

　아라한들이 무겁게 고개를 끄덕였다.

　범천이 피식, 웃음을 흘렸다.

　"아난, 표정이 좋질 않구나. 하계의 것들이 안타까워서 그런 것이냐?"

　아라한 중 막내, 아난이 지목당하자 움찔거렸다가 이내 고개를 끄덕였다.

　"그렇습니다."

　"어차피 헛된 허구에 지나지 않는 것들이 아니냐?"

　"그렇다 해도 저들이 겪는 고통은 진짜이지 않습니까……."

　"그야 그렇지."

　범천이 수경으로 고개를 내렸다.

물이 살짝 흐려지더니 우마왕이 아닌 다른 광경을 비춘다.

겁풍, 겁화, 겁수. 삼겁의 재앙에 눈물을 흘리는 사람들.

하계의 사람들이 죽어 가고 있었다.

하지만 이상하게도 자비를 논해야 한다는 범천의 눈은, 마치 구더기를 보는 것 같은 불쾌함과 경멸이 가득 담겨 있었다.

"하지만 잊지 말 것이니라. 이 세상은 여와가 저 '밖에 있는 존재들'의 눈을 가리고자 만든 허구에 불과하단 것을. 오히려 이곳은 저들을 가둔 감옥에 지나지 않으니, 하루라도 빨리 해방을 시켜 줘야 하느니라."

범천이 다시 아난을 바라본다.

"그리고 그러거 위해서는…… 반고를 깨워 녀석의 힘으로 비로자나를 만들어야 하는 것이고. 그러니 자꾸 마음에 짐을 달지 말지어다."

범천의 눈동자가 번들거린다.

더 이상 논하면 가만히 두지 않겠다는 눈빛.

"……명심하겠습니다."

아난이 고개를 숙이며 물러선다.

그제야 범천은 흡족하다는 듯 고개를 크게 끄덕였다.

"하면 이제 시작하겠다."

범천은 다시 수경 위로 손바닥을 올렸다.

　　　　　*　　　*　　　*

하계.

범천의 의지가 맺힌 하늘과 하늘을 붙잡은 우마왕의 기세가 충돌한다.

쿠쿠쿠쿠쿠쿠쿠!

　―쓸데없는 짓을 하려 드는군. 그런다 한들 나를 잡을 수 있을 것 같은가?

범천은 코웃음을 쳤다.

우마왕이 무슨 생각을 하는지 몰라도 부질없다 여겼다.

제아무리 천지를 뒤덮을 정도로 어마어마한 크기를 자랑하며 하계를 뒤흔드는 마기를 뿌린다 해도 자신은 천계에 있지 않은가.

그토록 증오하는 절지천통이지만 필요할 때는 도구로 써야 하는 법이었다.

하지만,

콰직!

하늘을 잡아채던 우마왕의 손길이 무언가를 단단히 잡았다. 아무것도 없는 허공이 잔뜩 일그러지면서 부서지는 소리가 났다.

—설마……?

순간, 범천은 알 수 없는 불안감이 들었다.

하늘에 맺힌 거대한 눈동자가 부릅떠지며 노호를 터뜨렸다.

—흥해아, 대체 뭘 하고 있는 것이냐!

화르르르르르르륵!

그때 우마왕이 마기로 짓누르고 있던 겁화가 거칠게 타올라 그를 집어삼키려 했다.

지면을 뚫고 올라와 하늘을 붉게 물들인다.

가히 세상을 멸망시킬 불길이라 할 수 있을 정도로 뜨거운 열기.

강하게 누르던 마기를 모조리 불사르면서 우마왕을 태우려 한다. 발목을 따라, 손길을 따라, 몸뚱이에 박힌 털을 사르고 그 속에 단단히 잡힌 살갗마저 붉게 만든다.

범천은 그것으로도 모자라 하늘에 맺힌 공허를 잔뜩 열었다.

—내려라.

촤르르륵! 촤르르르르륵!

멍울진 공허에서 거대한 쇠사슬 수십 개가 내려와 우마왕의 사지를 단단히 결박했다.

지호가 봉신을 위해 심상 세계에서 명왕들을 묶던 것과 똑같은 수.

더불어 범천은 우마왕의 머리 위로 가장 큰 공허를 열었다. 겁풍이 일고 쇠사슬이 팽팽하게 당겨지면서 우마왕을 통째로 집어삼키려 했다.

하지만 우마왕은 제자리에서 꿈쩍도 않았다. 아니, 일말의 고통스러워하는 기색도 없었다.

도리어 하늘을 잡아챈 그대로 아래로 잡아당겼다.

마치 세상을 뒤덮던 지붕이 '내려앉는' 듯한 착각과 함께,

콰아아아아아아아앙!

하늘이 통째로 지상에 내동댕이쳐졌다.

"⋯⋯!"

"⋯⋯!"

보고 있던 모든 이들이 경악한다.

하늘을 끄집어 내리다니!

세상에 이런 일이 가능이나 하단 말인가!

"어, 어떻게 이, 이런 일이⋯⋯!"

제석천의 두 눈도 크게 요동쳤다.

하지만 이런 이적 앞에서도, 지호의 눈동자는 고요했다.

그의 두 눈은 다시 우마왕과 대화를 나눴던 때를 좇고 있

었다.

　　"마경을…… 제게 맡기신단 말씀이십니까?"

　　"그래."

　　"하지만 제가 어떻게……!"

　　"명교란 곳도 일군 놈이 설마 마경 하나 거두지
못하려고?"

　　"……"

　　"더구나 부처들은 이 땅에 종말을 가져오려는 작
자들이다. 너무 쉽게 여기지 말거라. 너 역시 그걸
알기에 날 찾아온 게 아니냐?"

　　"……"

　　"부처들을 모두 하계에 끄집어내어 달라 부탁하
려고. 아니더냐?"

　　"……맞습니다."

지호가 우마왕을 찾았던 이유는 다른 게 아니었다.

자신과 명교만으로도 부처 일파와 어느 정도 전면전을
치를 전력은 되었다.

하지만 단 한 가지가 부족했다.

절지천통.

놈들이 만약 강제로 강림을 끊어 버린다면?

전략상 후퇴라며 천계로 도망친다면?

그때는 잡을 도리가 없어진다.

그렇기에 지호는 우마왕의 손길을 빌리고자 했다.

그의 권능은 절지천통마저도 우습게 일그러뜨리고, 그 너머에 있는 것을 잡아끌 정도가 되었으니. 강제로 강림을 시켜 봉신을 완료할 수 있으리라 여겼다.

하지만 그건 놈들을 너무 쉽게 본 처사였다.

지호가 준비를 하는 만큼, 부처 일파 역시 오늘 이 날을 위해 만반의 준비를 갖췄던 바.

당연히 우마왕이 나서리란 것을 예측하고 있었고, 거기에 대한 대응책까지 마련했다. 홍해아라는 인질을 사로잡는 것으로.

이에 우마왕은 말한 것이다.

자신을 희생시키겠노라고.

네 뜻대로 부처들을 이 땅으로 끄집어 내릴 것이되, 그 뒤를 부탁하노라고.

콰아아아아아아아!

지호의 상념을 뒤로한 채, 찢겨진 하늘이 머리 위로 드러났다.

푸르렀던 하늘은 갈기갈기 찢겨져 흉측한 모습만이 남았

고, 해와 달이 있던 자리는 통째로 사라져 어둠이 내려앉았
다.

"저, 저, 저……!"

"저, 정말 말세가 오려는 건가……?"

"하늘이 사라졌다! 하늘이 사라졌어!"

"마왕이, 마왕이, 우리를 죽이려는 거야."

"아아, 신인이시여. 우리를 구원하소서."

"부디. 부디 우리들을……!"

세상 사람들은 모두 경악에 잠긴 채 정신을 차리지 못했
다.

우마왕의 존재감은 멀리 떨어진 곳에서도 생생히 보이는
것이라, 모두 그가 이 모든 재앙을 초래한 것이라 믿고 있
었다.

그래서 범천이 나타났을 때에 능히 그를 징벌할 것이라
기대했건만.

하늘이 무너진 자리에는 피투성이가 된 채 두 눈을 크게
뜬 노인, 범천과 그를 호종하는 아홉 아라한들이 있었다.

울컥!

강제로 하계에 강림한 충격으로 일제히 피를 토한다.

충격에 젖은 녀석들의 눈동자가 크게 흔들린다.

이렇게 내려오게 될 것이라 생각지도 못했으리라.

그들의 머리맡으로 거대한 산 같은 우마왕의 머리가 그늘졌다.

　—네놈의 입으로 분명히 말하였지? 종말에 잠기라고.

크르르르릉, 짐승이 가래 끓는 소리를 냈다.

　—그 말, 그대로 돌려주지.

우마왕은 녀석들에게로 발톱을 내리찍었다.

콰아아아아아아앙!

지면이 그대로 내려앉는다. 얼마나 깊게 파이는지 지반 아래에 흐르고 있던 용암이 꿈틀거리며 분수처럼 치솟았다.

아라한들은 축지를 밟아 가까스로 벗어날 수 있었지만, 마기의 폭풍에 휘말려 멀리 가지 못하고 보이지 않는 힘에 튕겨 나고 말았다.

"컥!"

"크아아악!"

우마왕은 예민한 기감으로 녀석들의 위치를 모두 파악, 처치하기 위해서 다른 쪽 발톱을 휘두르려 했다.

그때 제법 느슨해졌던 쇠사슬이 다시 팽팽해지면서 그의 움직임을 막았다.

"놈! 뜻대로 되지는 않을 것이니라!"

지면에 박힌 자리 아래, 범천은 억지로 우마왕의 공세를 버텨 내면서 법술을 발휘하는 신통을 선보였다. 이를 바득바득 가는 두 눈에는 분노가 가득했다.

좌르르르륵!

범천의 의지에 따라 쇠사슬이 금방이라도 끊어질 듯 더 팽팽해지면서 우마왕을 강제로 들어 올렸다.

「지금이다!」

아라한들은 대형 사리불의 심령에 따라 자세를 바로 하면서 자신들이 자랑하는 최고의 절예들을 펼쳤다.

사리불은 경을 외워 사자후를 지르고, 목련은 공간을 뒤틀어 우마왕을 압박했다. 마하가섭, 부루나, 전연은 만다라진을 만들어 철의 비를 쏟아 냈으며, 아나율과 우바리, 나운, 아난은 불길과 벼락을 뿌리는 등 우마왕의 전신을 뒤덮었다.

거기에 덩달아 삼겁도 활기를 더하니.

콰콰콰콰콰콰콰!

거대한 우마왕의 피륙이 갈가리 찢기고 피가 폭포수처럼 잔뜩 쏟아졌다.

대지가 뒤집힌다. 그나마 남아 있던 하늘까지도 주저앉으려 한다.

하늘과 대지가 서로 뒤엉키면서 절지천통까지도 불완전

해진다.

덕분에 언뜻 천계가 하계에 겹쳐졌다가 사라진다. 삼겁에 휘말려 원통하게 죽었던 사람들의 영혼이 나타났다가 역시 사라진다. 산 자가 죽고, 죽은 자가 되살아나 법칙이 흐트러진다. 지면 위로 유황불이 흐른다.

이승과 저승의 경계선이 엷어지고 있었다.

범천의 입가에 미소가 번진다.

우마왕이라는 거대한 존재감이 모든 것을 엉망으로 만들고 있었다.

이대로. 조금만 더 이대로 있는다면 뜻하는 모든 것들을 이룰 수 있으리라!

하지만,

　—우습군. 고작, 이따위로.

우마왕이 비웃음과 함께 거칠게 몸을 뒤틀었다.

　—나를 상대하려 들었던 것이냐?

쩌저저저저저정!

그를 결박하던 쇠사슬이 통째로 끊어지면서 파편이 사방으로 튀었다.

동시에 걸음을 옮기기 시작한다.

쿵!

첫 걸음을 내디뎠다.

우보를 시작한다.

두우우우우우웅!

맑은 범종 소리. 세상 모든 것이 멈춘다.

마치 정지 버튼을 누른 것처럼 고요해지면서 삼겁이 고정되고, 자꾸만 서로의 영역을 침범하던 이승과 저승도 겹쳐진 그대로 중지되었다.

소리 없는 경악이 퍼진다.

범천은 당장 멈추라며 소리를 지르고 싶었지만 아무런 말도 나오지 않았다.

모든 시공이 정지한 지금, 하계 전체가 우마왕의 권역이었다.

오로지 그만이 움직일 수 있노라 허락되었다.

아니, 한 명이 더 있었다.

지호.

그가 여의봉을 바짝 쥐더니,

쩌저저저저저저정!

기가 잔뜩 실려 맑게 울리는 여의봉으로 제석천의 목을 거침없이 벴다.

좌아아아아악!

머리가 달아나 하얀 피가 솟구친다. 제석천은 의식이 끊기기 전에 석가의 사리를 부리려 했지만, 우마왕의 우보는 법칙마저 걸어 잠가 그럴 수가 없었다. 결국 녀석의 의식이 흐려지면서 봉신이 완료되었다.

여태 활약을 펼치던 것과는 다른, 허망하기 짝이 없는 결과.

하지만 지호는 거기서 그치지 않았다.

두우우우우우웅!

그 역시 우보를 한 차례 밟았다. 하지만 우마왕과 다르게 그는 세상을 결박시키는 것이 아니었다.

고정시키는 대상은 하나. 바로 자신.

곧 다가올 풍파에 휩쓸리지 않게 몸을 단단히 고정시키면서 이번에는 반대 방향으로 여의봉을 휘둘렀다.

어둠이 내려앉은 세상 가득히, 그를 상징하는 황금색 빛이 곳곳으로 잔뜩 퍼져 나가면서 우마왕의 머리 위로 거대한 원을 그렸다. 우우웅, 우우웅, 여의봉이 금방이라도 터질 것처럼 몸을 부르르 떨었다.

저승에 있는 마신들이 봤다면 경악했으리라.

통천교주라면 울부짖었으리라.

과거 자신들을 여의봉 속에 가뒀던 천고의 절진이 저 하늘에 맺히고 있었으니!

봉신진(封神陣).

신과 부처를 가두기 위한 감옥이, 여의봉 속에서 튀어나와 하늘에 맺혔다.

"서, 설마!"

"제길……! 놈을 멈춰야 한다!"

아라한들의 안색이 새파랗게 질렸다.

설마하니 여의봉의 특성을 진법으로 풀이해 대규모로 설치를 해 버릴 줄이야.

하지만 지호 역시 봉신진을 유지하는 건 쉽지 않은 일인 듯했다.

입가를 따라 울컥 핏물이 흐른다.

그러니 손등으로 입가를 훔치고, 재차 우보를 밟아 가면서 몸을 단단히 고정시켰다. 걸음을 옮길 때마다 봉신진의 색깔도 뚜렷해졌다.

쏴아아아아아아!

"크으윽!"

"으아아아아아악!"

아라한들은 자신들을 끌어당기는 어마어마한 인력(引力)에 신음을 흘렸다. '버티기'를 하려 하지만 손발이 묶인 상황에 어떻게 손을 쓸 겨를도 없었다.

그때 우마왕이 두 번째 우보를 밟았다.

두우웅, 이번에 울린 범종 소리는 작았다. 대신에 모든 것이 정지한 세상에 유일하게 움직이는 것이 있었다.

그를 따라 맴돌던 마기가 갑자기 분수처럼 치솟으면서 하늘에 잔뜩 닿다가, 일부는 떨어져 땅에 닿았다. 정확하게는 하계 곳곳에 벌어진 공허에 스며들었다.

"우마왕! 그런 짓을 저지르면 제아무리 너라 한들 무사할 것 같으냐!"

범천은 우마왕이 무슨 짓을 저지르려는지를 깨닫고 사색이 되었지만, 우마왕은 귓등으로도 듣지 않았다.

세 번째 우보가 이어졌다.

그러자 우마왕이 걸었던 자리 위로 세상이 변화했다.

두두두두두두두!

뒤집혔던 대지가 안으로 다져지면서 다시 단단한 지반을 형성한다. 공허가 멍울졌던 하늘이 강제로 닫히면서 서서히 푸르른 색깔을 되찾는다.

신과 부처의 싸움으로 망가졌던 천지를 복원시키려 하는 것이다!

옥황상제나 석가여래도 쉽게 할 수 있을까 싶을 정도로 거대한 이적.

하지만 그 대가로 어느새 우마왕의 탄탄했던 육신에 자잘한 상처들이 생겼다. 걸음을 옮길수록, 이적을 행할수록, 육체에 막중한 부담이 가해졌다.

      *   *   *

"종말에 종말을 부여한다……?"

소호 금천은 우마왕을 보는 내내 눈동자가 크게 요동쳤다.

수미산 이래 수많은 이적을 엿봤던 그에게도 우마왕의 행보는 전혀 믿기지가 않았다.

하물며 말세를 가져온다는 우마왕이 말세를 거두질 않는가.

이보다 더 한 역설도 없으리라.

"그런 것이 가능한 겁니까?"

"가능하니 하겠지."

이예도 믿기지 않는다는 얼굴이었다.

소호 금천은 쓰게 웃다가 말했다.

"주군도 아마 이걸 알고 그를 부른 것일 테지?"

"언질이라도 줄 것이지."

이예가 마음에 안 든다는 듯이 인상을 살짝 찡그렸다.

"어찌 되었건 간에 우리는 우리 할 일이나 하세나."

소호 금천은 이예를 달래고 청구검을 꽉 쥐었다. 이예 역시 어쩔 수 없다는 듯 동궁을 쥐어 하늘로 시위를 겨누었다.

검을 휘두르고, 활을 쏜다.

청구검이 스치고 지난 동쪽에는 공간이 벌어지면서 자취를 감췄던 태양이 드러나고, 화살이 맞닿은 서쪽에는 달이 어렴풋이 나타났다가 햇볕에 가려졌다.

다시 세상이 환한 빛으로 물들었다.

＊　　　＊　　　＊

그때 우마왕이 다시 움직였다.

네 번째 우보. 이번에는 삼겁이 거둬진다.

세상 가득히 뿌려졌던 겁풍이 원래 불었던 자리로 되돌아가고, 겁화가 짓눌리면서 땅속으로 스며들어간다. 겁수는 썰물이 빠지면서 원래 왔던 바다로 되돌아갔다.

다섯 번째.

겹쳐지려던 이승과 저승은 다시 분리를 마쳤다.

여섯 번째.

산자락 위로 다시 녹음이 피고, 묻혔던 강물이 지면으로 올라온다.

천지가 계속 복원을 해 나간다.

느릿느릿하지만 차분하기 짝이 없는 걸음.

마치 농작물을 일구기 위해 땅을 다지는 듯한 소의 걸음

(우보牛步)을 닮아 있었다.

우마왕이 하계를 제 색(色)으로 물들일수록, 세상이 범천과 아라한에게 부여한 신격과 신위는 덩달아 약해진다. 낮아진다.

파스스.

결국 더 이상 우보와 봉신진을 버티지 못한 아라한들이 모래성처럼 잘게 부서졌다.

"이토록 허망하게 가야 한다니."

"우리들의 이상은 아직도 멀었는가?"

"아아, 원통하도다……!"

아난을 시작으로 아라한들은 하나둘씩 봉신진으로 빨려 들어갔다.

"안 된다! 이래서는 안 된단 말이다아아아!"

사리불과 같이 어떻게든 저항을 시도하려는 자도 있었다.

하지만 그런 녀석들에게는,

좌르르르륵!

봉신지에서부터 쇠사슬이 내려와 꽁꽁 묶어 도로 위쪽으로 돌아갔다.

"네놈도 우리와 같이 자멸을 하려는 것이냐! 말세를 주관한다는 자가 말세를 거둔다니! 가당키나 하단 말이냐아아아아!"

범천은 소리를 바락바락 질러 댔다.

우마왕이 말세를 거둔다는 것.

그것은 여와가 그에게 부여했던 신위를 거스른다는 뜻이 아닌가?

천계에서 끄집어 내려질 때부터 지금까지. 우마왕은 계속 자신의 예측을 벗어난 행보만 거듭하고 있었다.

　　—너는 모를 것이다.

"뭘 모른다는 것이냐!"

　　—아비의 마음을.

"무슨 헛소리더냐!"

　　—보아라. 모르지 않은가.

"감히! 감히……!"

우마왕이 피식 웃었다.

　　—창조의 파편이 너에게 닿았기에 '아버지'라
　한다지? 하지만 단순한 은유일 뿐. 그대가 직접
　아이를 낳고, 기른 것은 아니지 않은가.

"네놈은 다르단 말이냐!"

　　—다르다. 나는.

우마왕의 시선이 어느 곳에 닿는다.

겁화가 삼매진화로 격하되고, 삼매진화가 다시 한 지점

으로 뭉치면서 어느 한 청년이 된다.

붉은 머리칼을 길게 늘어뜨린 채 곤히 자고 있는 아이. 홍해아.

—아비란 자식을 위해서 내놓는 존재지, 거두는 존재가 아니니라.

비록 한때 거추장스럽기 짝이 없던 권능을 조금이라도 삭이기 위해 겁화를 떼어 내어 그를 만들었다지만, 우마왕에게 있어 홍해아는 자신의 분신과도 같았다.

"감히이이이이이이이!"

자신의 모든 것을 부정당한 범천은 마지막 발악을 다해 공허를 열었다.

하지만 쇠사슬이 튀어나와 우마왕에게 닿기도 전에 새로운 걸음이 계속되어 공허는 완전히 닫히고 말았다. 범천이 세상에 끼치던 영향도 모두 촛불처럼 훅 꺼졌다.

얼굴은 사색이 되었다. 눈꺼풀이 파르르 떨렸다.

"말…… 도 안 돼……!"

—이만 사라져라.

범천은 뭐라고 소리를 지르고 싶었지만, 곧 덮쳐 오는 수십 개의 쇠사슬에 누에고치처럼 칭칭 감겨 아무 말도 할 수 없었다. 쇠사슬 사이로 유일하게 드러난 눈동자가 비명을 질러 댔지만 곧 그마저도 가려졌다.

좌르르르륵!

결국 쇠사슬마저 잘게 부서지면서 봉신진으로 빨려 들어 갔다.

그때 우보의 마지막 일곱 번째 걸음이 마쳐졌다.

두우우우우웅—

천지는 다시 제 모양을 갖췄다.

싸우기 전과 똑같은 모습이라 하기는 힘들었지만, 말세 는 더 이상 보이지 않았다.

하지만 우마왕의 전신은 온통 흉터투성이였다.

신위를 거스르면서 세상 모든 재앙을 짊어진 데에 대한 후유증이었다.

*   *   *

"으음."

홍해아가 신음을 흘리며 몸을 뒤척였다.

미로처럼 끝없이 이어지는 악몽을 뒹군 느낌.

몸이 상쾌하지 않고 가위에 눌린 것처럼 무겁다. 숨을 쉬 기가 버거웠다.

그래도 억지로 눈을 떴을 때, 거대한 그림자가 져 있었 다.

일곱 개의 동공이 겹쳐진 거대한 흰자위.

홍해아는 잠시 흠칫거렸지만 그것이 익숙한 '눈'이라는 걸 깨달았다.

아버지…….

입을 벙긋거렸지만, 바람만 새어 나왔다.

　　—미안하구나.

수많은 의미가 함축된 말.

홍해아는 그 속에 담겨진 수많은 뜻을 읽었다.

여태 그를 내버려 뒀던 일. 험하게 인질로 있어야만 했던 일. 구출해 주지 못한 일. 그리고…… 앞으로 있을 일까지.

홍해아는 그런 아버지의 눈망울을 보고 쓰게 웃었다.

소 같은 눈이다.

남들은 묵시록의 짐승이니, 말세를 가져올 자이니, 최초의 마이니, 그렇게 말하면서 두려워한다지만 자신에게는 언제나 자상했던 아버지였다.

그래서 뭐라고 말이라도 하고 싶었다. 하지만 소리가 나오지 않았다.

대신에 입술을 달싹였다.

'괜. 찮. 아. 요.'

　　—……!

파르르.

웬만한 산천초목보다도 더 클 눈꺼풀이 떨린다.

일곱 개의 동공에 비친 일곱 명의 홍해아는 웃고 있었다.

우마왕은 한참이나 자신의 아들을 바라보다 고개를 살짝 들었다.

　—부탁한다.

지호는 무겁게 고개를 끄덕이면서 여의봉을 쥔 손에 더욱 바짝 힘을 줬다.

지이이이이이이잉!

여의봉이 더욱 시린 빛을 발한다. 하늘에 맺힌 봉신진도 더더욱 크기를 확장한다.

우마왕은 일곱 번의 우보로 하계에 닥친 재앙을 강제하고 자신의 육체 속으로 거둬들였다. 스스로 부처들이 이 땅에 행한 모든 것들을 삼킨 것이다. 그것이 이적이든, 재앙이든.

신위를 거스르면서까지 해낸 일이기에 그는 상당히 지쳐 있었다. 삼킨 것들을 소화시킬 힘까지 남아 있지는 않았다. 홍해아조차도 언제 다시 겁화로 돌아갈지 몰랐다.

이대로 우보를 풀게 된다면 다시 재앙이 풀어질 터.

아니, 그때는 더 큰 재앙이 도래해 진짜 말세가 찾아오게 되겠지.

그때는 제아무리 우마왕이라 해도 어쩌지 못한다.

결국 해결책은 한 가지밖에 없었다.

촤르르르륵! 촤르르르르르륵!

봉신진에서 수십 개의 쇠사슬이 내려와 우마왕의 사지를 감는다. 범천 때와 달리 우마왕은 저항하지 않았다.

결국 우마왕의 거대한 동체가 중력의 법칙을 거스르며 하늘로 올라가다, 끝내 희미해지는 봉신진과 함께 자취를 완전히 감췄다.

동시에 여의봉의 끝단에 새로운 이름이 새겨졌다.

……凡天, 紅孩兒, 牛魔王

지호는 타 버릴 것 같은 심장을 강하게 움켜쥐었다.

"아아……."

봉신진을 유지하며 부처들을 모두 가둬 버리면서 생긴 반발력이 돌아와 영혼을 뒤흔들었다. 하지만 그보다 더 아픈 것은, 우마왕을 희생시키고 말았다는 사실이었다.

뒤를 부탁한다는 말.

우마왕은 처음부터 결과가 이리되리란 것을 모두 내다보고 있었던 것이다.

이 세상을 신과 부처로부터 보호하겠다고?

아서라.

제 사람 하나 제대로 구하지 못하면서 무슨 그런 거창한 일을 하겠다는 것이냐.

스스로에 대한 자책과, 회한과, 미안한 마음으로 눈물이 왈칵 쏟아졌다.

쏴아아아.

그때 머리맡으로 뭔가가 떨어졌다.

지호는 얼결에 고개를 들어 그것을 받았다가 눈을 크게 떴다.

살짝 모양이 망가진 부채, 파초선.

거기서 잔잔한 미풍이 불고 있었다.

마치 지호의 마음을 달래듯, 우마왕의 따스한 손길처럼 부드럽게 눈가에 맺힌 눈물을 훔쳐 주었다.

           *   *   *

"손지호오오오오오오!"

그때 별안간 교룡이 공간을 열고 달려들며 지호의 멱살을 강하게 쥐었다.

그의 눈동자가 거칠게 타올랐다.

당장에라도 죽여 버리겠다는 듯.

이미 그에게 깃들었던 반호는 빠져나간 뒤였다.

"……."

지호는 저항하지 않았다. 두 눈을 질끈 감고, 파초선을 꽉 쥐었다.

"어리석은!"

이예가 교룡의 앞에 나타나 활을 겨눈다. 여기에 사타왕이 끼어들어 앞을 가로막고, 소호 금천이 그만하라면서 나타나 대치했다. 뒤편으로 붕마왕이 나타나며, 머리 위로 복마전이 그늘져 동시에 지호 쪽으로 칼날을 겨눴다.

서로가 복잡하게 뒤엉킨다.

금방이라도 상대를 잡아먹을 듯이, 사나운 기세가 쉴 새 없이 휘몰아쳤다.

"다들 그만하시게! 이래서는 일만 더 복잡해지지 않나!"

소호 금천이 사자후를 터뜨렸다.

교룡이 비웃음을 던졌다.

"그만두라고? 왜? 우리는 머리를 잃었는데? 그럼 그쪽도 똑같이 그래야 공평하지 않나?"

"교마왕!"

"키키킥! 처음부터 이런 걸 노린 게 아녔어? 인간들을 위한 세상을 만든다며? 그럼 명교에 있어 우리 마경도 결국 걸림돌에 지나지 않을 텐데? 차라리 잘됐잖아? 이참에 지우지 그래?"

"정신 차리시게!"

일순, 교룡의 얼굴이 잔뜩 일그러졌다.

"정신 차려? 뭘? 대체 무슨 정신을 차리라는 거냐!"

울분 섞인 노호가 터진다.

"그는 우리에게 있어 소중한 그늘이었다! 대형이었다! 아버지였다! 그런 존재를 잃은 우리더러 가만히 있으라고? 장난 쳐? 말이나 된다고 생각하나?"

다른 동주칠마왕과 복마전은 아무 말도 않았다. 동의한다는 듯이 묵묵히 고개만 끄덕일 뿐.

"마경의 철칙, 하나! 우리는 받는 대로 되갚아 준다. 그뿐!"

결국 두 진영이 충돌할 것 같은 그때,

"그만하세요."

누군가의 목소리가 도중에 끼어들었다.

이번에는 교룡도 멈칫거리고 말았다.

그럴 만한 자격을 지닌 사람의 것이었으니까.

쉭!

교룡은 다른 의미로 일그러진 얼굴을 하고서 그쪽으로 고개를 돌렸다. 왜 그러는지 이해 못 하겠다는 표정으로.

"왜 말리는 거냐, 홍해아."

붉은 머리칼의 사내, 홍해아가 쓸쓸하게 웃었다. 그는 일어나는 것도 꽤 힘에 부친 듯 안색이 파리했다.

"아버지도 이런 걸 원하지 않으실 겁니다, 숙부님."

"이들은 네 아버지의 원수다!"

"아뇨. 아버지께서 택하신 길이십니다."

"홍해아!"

"그만, 하십시오."

홍해아는 목소리에 강하게 힘을 줬다.

어린 시절 숙부들 틈바구니 속에서 장난기 가득하던 녀석의 모습이 아니다.

마치 제 아버지가 돌아온 것처럼 위엄이 넘쳤다.

"……제길!"

결국 교룡은 한참이나 조카를 빤히 쳐다보다 발치에 구르던 돌멩이를 걷어차며 몸을 반대로 돌렸다.

"다른 숙부님들도, 물러서 주십시오."

동주칠마왕도 지호에게서 떨어졌다. 새로운 주인을 모시게 된 복마전 역시 한 발 물러섰다.

소호 금천은 그제야 한시름 놓았다는 듯 청구검을 거둬들이며 안도에 찬 한숨을 내쉬었다.

이대로 마경과 부딪친다 한들 좋을 건 없었으니.

강신이 풀린 저들에게 진다는 생각은 하지 않았지만, 그래도 마경은 품고 가야 할 동료였지 절대 적으로 규정해서는 안 되었다.

하지만 이예는 경계를 풀 생각이 없는지 쌍심지를 켜며 동궁에서 손을 거두지 않았다.

"이예."

"……예. 그러죠."

이예도 그제야 소중을 등에 맨 화살통에 도로 꽂아 넣고, 동궁을 왼쪽 어깨에 걸었다.

그때 홍해아가 불쑥 다가왔다. 터덜터덜, 발걸음이 무겁게만 느껴진다. 하지만 보폭은 당당했다. 소호 금천과 이예가 길을 내주자, 자연스럽게 지호 앞에 섰다.

자세를 낮춰 파초선에 손을 갖다 댄다.

지호와 시선이 마주친다.

지호의 눈동자가 살짝 떨렸다.

홍해아가 가볍게 웃었다.

"넌, 전생이나 지금이나 달라진 게 없구나."

"……."

"조금 다른 점이 있다면, 화염산에서 너의 전생은 주변 상황에 가슴 아파하면서도 끝까지 센 척 허세를 부리는 종자였다면, 지금의 넌 좀 더 감정에 충실하다는 것? 그래. 그걸 꼽을 수 있겠어."

떨리던 지호의 눈동자가 어느덧 멈춘다.

"너는 제천대성이지 않나. 좀 더 뻔뻔해져라."

지호는 가만히 홍해아를 바라보다,

"……후우우우우."

크게 숨을 골랐다.

다시 고개를 들었을 때는 어느덧 원래의 모습으로 되돌아가 있었다.

장난기도 드문드문 섞였지만, 자신에 찬 눈빛으로.

"관세음인가?"

홍해아는 고개를 끄덕였다.

"스승님께서는 결국 부처들이 이런 사달을 만들리란 걸 알고 계셨다. 하지만 이게 시작에 불과하다는 말씀까지도 하셨지."

지호도 동의한다는 듯 고개를 끄덕였다.

옥황상제를 비롯한 천신들의 심상치 않은 움직임. 부처들의 일탈.

지난 수천 년간 보지 못했던 연이은 천계의 일탈은 급속도로 세계를 변화시키고 있다. 좋지 않은 방향으로.

말세가 다가오고 있었다.

'정말 저승이라도 가야 하나?'

지호는 이제 부처 일파라는 장벽도 사라졌으니 더 활개를 칠 것이 뻔한 천신들이 떠올랐다. 석가여래가 아직 남아 있다지만 그 혼자서는 아무것도 할 수가 없을 테니.

결국 놈들이 바라는 건 단 하나다.

반고.

저승보다도 더 아래. 지하 깊숙한 곳보다도 더 깊숙한 곳에 파묻혀 있을 태곳적의 거인.

'그것만 막을 수 있다면.'

저승에서 활개를 치고 있을 자들을 모두 정리하고 모든 걸 원래대로 되돌린다면.

'그때는 우마왕도 다시 꺼낼 수 있다.'

당장 문제가 되는 것은 우마왕이 한껏 끌어안은 말세의 재앙들이다. 그것을 풀어 놓더라도 세상이 견딜 수 있을 만큼 다시 단단해진다면, 우마왕의 봉신을 풀어도 괜찮으리라.

그렇게 지호는 노선을 확실히 정했다.

수보리가 예견했던 대로, 어쩌면 저승으로 넘어가는 것은 필연이었을지도 모른다. 과거 태상노군이 그에게 부탁했던 것도 그것이었으니까.

'팔자에도 없는 정의의 사도라니.'

다가올 종말을 막고, 신들을 배제시킨다.

어디 신화에서나 나올 법한 일들이 아닌가.

손오공이 알게 된다면 참 골치 아픈 일을 잘도 하게 되었다고 놀릴지도 모르겠다.

거기에 생각이 미치자 갑자기 다른 얼굴도 떠올랐다.

'저승에 가면…… 볼 수 있을까?'

저승에 있을 소중한 두 사람.

손오공. 그리고,

'염라.'

거기에 생각이 미치자, 가슴이 두근거렸다.

"뭔가를 마음먹었나 보군."

그때 홍해아가 씩 웃으면서 지호의 상념을 깼다.

지호는 고개를 끄덕였다.

"그럼 나도 낄 수 있을까?"

"당신도?"

"지금 꼴은 이럴지 몰라도, 배운 바는 적지 않다고 자부한다. 너를 돕는다면 언젠가 아버지도 다시 뵐 수 있을 테니까."

지호로서도 홍해아의 참여는 반가울 일이었다.

서유기에서 홍해아는 파초선이라는 최강의 보패를 들고서 불 폭풍을 자유롭게 다뤄 손오공 일행을 몇 번이고 난감하게 만들었던 존재였다.

하물며 그 뒤로 관세음의 제자가 되어 더 많은 재주를 배웠을 것이니. 아마 모르긴 몰라도 가진 바 실력은 대단할 것이다.

홍해아가 손을 불쑥 내밀었다. 지호는 그 손을 잡아 일어섰다.

맞잡은 두 손이 떨어지지 않으려는 듯 서로 꽉 쥐어졌다.

바로 그때,

"흐응. 이제야 다 끝났나 보네. 참 오래도 간다."

지이이이이이이잉!

검지에 낀 금고아가 부르르 몸을 떤다 싶더니, 공간이 활짝 열리면서 누군가가 나타났다. 눈가에 색기를 좔좔 흘리면서 재미나다는 듯 주변을 두리번거리는 여인.

"저팔계? 당신이 어떻게 여기에?"

"오랜만이야, 애송아. 뭐, 사실 나는 방금 전에 헤어져서 금방이었지만."

남섬부주에 있었던 저팔계가 반갑게 손을 흔들었다.

*　　　*　　　*

"재, 재앙은 끝났나?"

"정말……?"

당장이라도 세상을 집어삼킬 듯 굴던 혼란이 그쳤다.

숨었던 사람들이 하나둘씩 밖으로 나온다.

그들은 두려워하는 얼굴로 하늘을 바라보다, 끝내 눈물을 터뜨렸다.

울컥!
경을 외던 소림사의 승려들은 일제히 각혈했다.
그나마 남아 있던 신통이 모두 끊어졌다.
그 이유는 단 하나.
"……부처들께서, 패배하신 겐가?"
"방장, 그건 말도 안 됩니다! 천불들께서 패배시라니요! 언제나 밝음으로 어둠을 물리치시는 그분들이……!"
"미륵하생(彌勒下生)."
"예?"
"아둔한 것아. 어찌 그리 가까운 것만 보려 드느냐? 하늘의 안배는 아주 공교로운 것이어서 당장 어둠이 내려앉았다 생각할지라도, 그 속에는 빛이 있는 것이니. 아직 끝난 것이 아니다."
"……예."
"내 눈에는 오히려 앞으로 마라가 무수히 겪어야만 하는 고난이 보이는구나."
방장의 눈동자가 번들거렸다.

천산.

정윤은 한참이나 하늘을 바라보다,

"쓸 거리가 더 늘었군."

몸을 돌리며 방으로 돌아갔다.

납탑도인은 가만히 도호를 외웠다.

"무량수불, 무량수불."

부처라는 큰 산은 하나 넘었다.

하지만 그건 우마왕이라는 조력자가 없었더라면 힘들었을지도 모르는 싸움이었으며, 거기에 무슨 이유에서인지 석가여래는 모습을 보이지도 않았다.

반면에 천계에는 천신들이 남아 있고, 저승에는 마신이며 명부시왕과 같은 더 험난하고 흉악한 것들이 도사리고 있다.

지호가 건너야 할 장벽은 아직 너무 높았다.

＊　　　＊　　　＊

─하아…… 하아…… 죽을 뻔했다…….

악귀 호자는 지호 등에게 잡히지 않을 만큼 먼 곳으로 떨어져 나와 숨을 골랐다.

영혼 상태인 녀석에게 호흡이 있을 리 만무했지만, 그래도 자칫 신들의 싸움에 휘말려 영혼이 갈기갈기 찢겨 나갈 뻔했다는 고비는 없는 숨도 가쁘게 만들었다.

—같잖은 것들. 내가 힘만 되찾았어도……!

이가 있었다면 바득바득 갈았으리라.

무간지옥에서도 가장 밑바닥에서 살아가던 자신이야말로 한때 명부시왕의 자리를 위협할 정도로 대단한 존재였건만.

하지만 육체를 잃고, 나찰천에게 붙잡혀 격이 끝없이 추락하면서 이 모양 이 꼴이 되고 말았으니.

그러다 제석천의 꼬임에 넘어가 재기를 노렸지만 아무래도 끈을 잘못 잡은 듯했다.

—아니. 완전히 잘못 잡은 건 아니지. 키키킥! 그래도 자유는 얻었으니까.

이제 더 이상 꼭두각시 인형처럼 지내지 않아도 된다.

무엇보다,

—더구나 이렇게 많은 먹잇감이 있는데 어찌 기쁘지 않을쏘냐!

호자의 눈에 무수히 많은 재앙의 잔여물이 보였다.

삼겹과 우마왕, 그리고 무수히 많은 부처와 신들이 하계를 마구잡이로 할퀴며 남기고 간 '찌꺼기.'

바로 망량들이었다.

—키에에에에에엑!

—인간이다, 인간!

—왕! 왕을 찾아라! 왕을 찾아야만 한다!

저마다 이마에다 노랗고, 빨갛고, 푸른 보석을 끼고 날뛰는 망량들.

신의 파편이며 그림자인 잔재들은 자신의 충실한 열량원이 되어 줄 터였다.

호자는 그런 놈들에게로 몸을 날렸다.

부족해진 격을 되찾기 위해서. 원래의 몸으로 되돌아가기 위해서.

때문에 녀석은 눈치채지 못했다.

자신의 영혼, 한쪽 구석에서 피어나는 샛노란 열원(熱源)을.

츠츠츠츠.

*   *   *

홍해아와 동주칠마왕, 복마전의 시선이 저팔계 쪽으로 확 쏠렸다.

"저, 저팔계? 저게?"

"저놈…… 아니, 년이?"

"미친!"

"뭐야, 저거!"

그들의 반응은 대개 충격과 공포였다.

황당하다는 시선.

하지만 저팔계는 재미있어 죽겠다는 듯 배시시 웃었다.

"헤헤헤헤. 역시 이 맛을 끊지 못하겠다니까."

홍해아는 아예 말도 안 나온다는 얼굴로 저팔계를 손가락질하며 지호를 쳐다봤다.

특히 그는 이전에 저팔계와 직접 부딪친 적도 있었다.

지호도 처음에 그를 봤던 때가 떠올라 한숨이 나왔다.

"색욕과 식욕을 한꺼번에 해결하기 위해서래."

"……돌았군."

"히히히히히. 어때? 너도 나랑 한 번 자 볼래? 보니까 못 본 새 꽤 튼실해진 것 같은데?"

저팔계가 눈을 가느다랗게 뜨면서 홍해아를 위아래로 훑어본다. 붉은 혀로 마른 입술을 살짝 적셨다. 그 모습이 농염하면서도 고혹적이었다.

하지만 홍해아는 뱀 앞에 놓인 개구리처럼 몸을 부르르 떨었다.

"하여간 이 돌 원숭이 놈들…… 하는 짓이……."

지호는 다시 한숨을 내쉬면서 저팔계를 제지했다.

"팔계, 그만하세요."

"왜? 난 한창 재미있는데."

말은 그렇게 하면서 지호에게 시선을 돌리며 싱긋 웃는다.

지호는 한 차례 숨을 고르고, 방금과는 달리 진지한 자세가 되었다.

"오신 이유가 있는 거죠?"

"어. 이제 때가 된 것 같아서."

여태 부처들로부터 쫓겨 다녀야 했던 저팔계.

당연히 그들이 모두 봉신되니, 쫓아오던 시선도 모두 끊겨 이 사실을 알 수 있었다.

"저승으로 갈 거지?"

지호는 고개를 끄덕였다.

"할 일이 많을 것 같아서요. 역시 삼장은 여기까지도 본 겁니까?"

"말했지? 음흉한 아저씨라고."

저팔계는 툴툴대면서 품을 뒤적거렸다. 덕분에 큰 가슴이 살짝 출렁이자, 동주칠마왕과 복마전의 시선이 죄다 그쪽으로 향했다.

"으이그, 이 화상들. 좋냐? 좋아?"

붕마왕이 미간을 살짝 찌푸린다.

"험험!"

"무, 무슨 말인지 모르겠구만."

교룡 등은 헛기침을 하면서 재빨리 고개를 옆으로 돌렸다. 그러면서도 시선은 힐끔힐끔 그쪽으로 향했다.

저팔계는 재미있어 죽겠다는 얼굴이었다.

'이건 노리는 건데.'

지호가 고개를 절레절레 흔들 무렵, 저팔계가 커다란 구슬 하나를 꺼냈다.

금색빛이 감도는 보주(寶珠).

보는 것만으로도 황홀에 젖을 정도로 아름답다.

"호오."

"예쁘군."

곳곳에서 감탄사가 터졌다.

하지만 지호는 다른 의미로 놀랐다.

'이건……?'

예전에 터키에서 비서사가 했던 말이 떠올랐다.

부처들이 묵시로 내다봤던 미래. 자신이 삼도천을 건너는 광경을 봤다면서 했던 말.

—그대는 한 손에 여의봉을, 다른 한 손에는 보주

를 들고서 삼도천의 위를 홀로 건너고 있었느니라.

길잡이도 뱃사공도 없는 망망대해와 같은 삼도천 위를, 풍랑이 거칠기 짝이 없는 그 위를, 자그마한 돛단배에 외로이 몸을 실어 보주가 비추는 길을 따라 가더군.

한 손에 쥐고 있다는 보주. 그 말이 갑자기 왜 떠오르는 걸까?

그 순간, 보주가 빛을 발했다.

그러자 지호의 소맷자락이 바람에 나부껴 크게 흔들렸다. 지호가 손바닥을 활짝 펼치자 빛에 둘러싸인 자물쇠가 올라왔다.

우우웅.

지이잉!

보옥과 자물쇠가 동시에 공명한다.

마치 제 짝을 찾은 듯이.

"그건, 삼장의 사리인가요?"

"응. 그중에서도 진체(眞體)야. 내가 부처들로부터 해방되는 날에 보이라고 하더군."

저팔계가 오른손으로 보옥을 짚었다.

그러자 더 큰 환한 빛무리가 터졌다.

지호의 눈앞으로 뭔가가 비쳐졌다.

화아아아악!

"여긴……?"

지호는 전혀 다른 곳에 있었다.

관세음이 자신을 심상 세계로 비추던 것과 같은 광경.

보옥 속으로 빨려 들어온 것이다.

"오! 이게 허구한 날 나 괴롭히던 새끼 돌 원숭이인가?"

지호가 시선을 옆으로 돌리자, 손으로 턱을 짚으면서 흥미 가득한 얼굴로 보는 승려가 있었다.

"원숭이 놈이랑 어째 느낌이 비슷한데? 크으! 너도 참 앞날 뻔하다. 하필 닮아도 그런 놈을 닮니."

이 사람이 삼장 법사인가.

그런데 어째 풍기는 느낌은,

'기생오라비?'

하는 말투하며 껄렁껄렁한 태도, 곱상하게 생긴 외모는 소싯적에 여자를 여럿 후리고 다녔을 것 같다.

그때 삼장 법사가 인상을 와락 찌푸렸다.

"너, 이 새끼 지금 속으로 나 욕했지?"

"예."

지호는 순순히 고개를 끄덕였다.

찌푸려진 얼굴이 더 일그러진다.

"뭐, 인마? 이럴 때는 아니라고 부정해야 하는 거 아니냐?"

"왜요? 맞는 말인데."

"하! 이 새끼 보소?"

뭔 이런 돌대가리가 다 있냐는 태도.

지호는 데자뷰를 느꼈다.

'꼭 오공을 만났을 때 같잖아?'

그러고 보니 이 두 사람, 좀 많이 닮았다.

성격이나 외모나.

"뒈질래? 날 그딴 놈이랑 비교해?"

한쪽 눈썹을 꿈틀거리며 짜증을 내는 모습까지.

'똑같네. 똑같아.'

그래서일까.

지호는 왠지 삼장 법사가 더 반갑게 느껴졌다.

"하아아…… 뭔 이딴……!"

삼장 법사는 지끈거리는 관자놀이를 손으로 꾹꾹 눌렀다.

아무래도 속마음까지 읽는 모양이다.

그런 모습이 우스꽝스러우면서도 재미있다.

하지만 한편으로는 어딘지 모르게 위화감이 느껴졌다.

마치 정교하게 잘 짜여진 인형극을 보는 듯한 기분.

그제야 지호는 위화감의 정체를 알 것 같았다.

"음? 눈치챘냐?"

그때 삼장 법사가 쓰게 웃으면서 지호를 쳐다봤다.

"예."

"이야. 눈치 빠른데? 이런 건 그래도 돌 원숭이보다 낫다?"

역시나 과장된 몸짓.

저건 모두 연기였다.

아주 잘 짜여진 연기.

이건 오랜 과거, 삼장 법사가 '미래의 지호'는 '이렇게 움직일 것이다'를 내다보고서, 지호가 생각하는 타이밍, 말하는 타이밍, 행동하는 타이밍 등에 일일이 맞춰 반응한 1인 연기였다.

이를테면, 지호는 그냥 녹음된 동영상을 보며 대화를 나누는 것과 같다고 해야 하리라.

'이렇게밖에 남길 수 없었던 걸까?'

삼장 법사쯤 되는 존재라면 자신의 의식을 복사한 사념체를 남길 수도 있었을 텐데.

"왜 그러지 않았는지는 너도 알 텐데?"

"부처 때문입니까?"

삼장 법사는 심드렁하게 대답했다.

"그럼 다른 이유가 있겠냐? 툭하면 스승이고 사형제들이 죄다 찾아와서는 내놓으라고 협박해 댈 게 분명한데. 차라리 이것만 남기는 게 편하지."

저팔계는 삼장 법사의 사리를 품에 안은 채 오랜 세월을 부처들로부터 도망치면서 살아야 했다.

그 세월이 장장 천 년하고도 수백 년.

삼장 법사는 그런 장구한 세월 동안 부처들의 무수히 많은 탐욕을 본 것이리라.

그리고 그 탐욕이 빚어낸 결과까지도.

그것이 보기 싫어 스스로 영혼을 소멸시킨 것이겠지.

자신의 영혼이, 자신의 사념이, 자신의 생각이 어느 누구의 손에도 닿지 않게 하기 위해서.

오로지 언젠가 만날 지호에게만 닿게 하기 위해서.

'대체 삼장은 얼마나 먼 곳을 내다보는 걸까?'

이건 전지(全知)를 뛰어넘다 못해 예지, 또 그 예지마저 넘어선 '어떤 것' 이었다.

우주, 그 자체를 받아들이고 있는 것이다.

삼장 법사가 닿는 영역에 아마 한정된 범위는 없으리라.

어쩌면,

'말세가 찾아와 이 세상이 끝날 때까지 일지도.'

삼장 법사가 말했다.

"하여간 이렇게 만나게 되었구나. 참 먼 길을 뺑뺑 돌고 또 돌았네."

지호는 고개를 끄덕였다.

"예. 그러네요."

*   *   *

"다들 그렇게 너무 걱정들 하지 마셔. 애송이가 어련히 알아서 할까?"

지호와 삼장 법사가 대면하고 있는 바깥.

지호는 보주에 손을 갖다 댄 채 가만히 눈만 감고 있을 뿐, 여태 미동도 하지 않았다.

이예가 동궁으로 손을 가져가려는 것을 보고, 저팔계가 눈을 마주치며 배시시 웃었다.

이예가 미간을 찌푸렸다.

"팔계 공(公)께서 틀린 말을 한 것은 아니지 않나."

소호 금천이 잘 타이른 후에야 이예도 손길을 거뒀다.

순간, 뒤쪽이 수군거렸다.

"저거 진짜 이예 맞아?"

"정말 신기하지?"

"그러게."

"저 이예가 저렇게 고분고분히 말을 잘 듣다니. 완전히 말 잘 듣는 강아지잖아?"

이전에 연옥과 크게 싸운 적이 있던 복마전으로서는 크게 놀랄 수밖에 없었다.

부처들과 싸울 때도 이예가 소호 금천에게 약한 걸 얼핏 보긴 했었지만, 직접 이렇게 바로 보게 되니 신기하기만 했다.

그래도 '강아지'라는 표현은 영 거북했던지, 이예가 슬쩍 그쪽을 노려봤다가 다시 저팔계 쪽을 응시했다. 영 마땅치 않다는 듯 미간에서 주름살이 펴지질 않았다.

이건 지호의 일과는 조금 다른 것 같은데. 소호 금천도 그제야 뭔가 이상한 걸 깨닫고 고개를 갸웃거렸다.

"음? 왜 그러나? 무슨 일이라도 있는 겐가?"

"아닙니다. 아무것도."

이예가 고개를 가로젓는데, 그때 저팔계가 불쑥 두 사람 사이로 얼굴을 내밀었다.

"그러고 보니 우리, 알지 않아?"

소호 금천이 크게 놀랐다.

"두 사람, 아는 사이였나?"

"초면입니다."

"초면이면서도 초면이 아니잖아."

저팔계가 배시시 웃는다.

이예는 입을 꾹 다물었다. 소호 금천이 무슨 일이었는지 눈빛으로 저팔계에게 물었다.

"항아의 일은 미안하게 되었어. 나도 이제 와서 보니까 내가 얼마나 못난 짓을 했는지 알겠더라고."

사연인즉슨, 그랬다.

저팔계는 원래 천계에서 수군을 담당하는 천봉원수였던 몸.

내로라하는 유명한 장수였지만, 그에게도 한 가지 흠이 있었다.

색을 너무 밝힌다는 것.

그러던 차에 연회에서 술에 취해 고주망태가 되어 항아를 희롱하였고, 그 벌로 하계에 떨어지게 된 것이었다.

당연히 이예로서는 당장 화살을 저팔계의 목에다 꽂아도 할 말이 없는 상황.

저거, 짜증이 아니라 화를 꾹 누르고 있는 거구만. 소호 금천은 이예가 안타깝게 느껴졌다.

그렇다고 해서 이예가 화를 내기도 뭣한 게, 너무 오래된 일인 데다가, 저팔계가 여자로 나타나 그때 일은 반성하고 있다니 어떻게 손을 쓸 수가 없는 것이다.

"그러니까 화 풀어, 응? 응?"

……하는 짓은 영 미안해하는 태도가 아니었지만.

저팔계는 이예의 주먹이 부르르 떨리는 걸 보고 슬쩍 한 발 물러섰다.

그래도 입가에 배시시 문 미소는 지우지 않는다.

'용케 이렇게 좋은 사람들을 잘도 구했구나.'

저팔계는 눈을 감고 있는 지호를 보면서 웃었다.

녀석이 혼자가 아니란 사실에 왠지 마음이 놓였다.

그러면서 한편으로는 아주 오래전에 손오공 등과 함께 세상이 좁다 하며 뛰어다니던 때가 떠올라 가슴이 먹먹했다.

그리고 손오공이나 사오정과 달리, 오랜 세월이 지나도록 아직도 그때의 추억에서 벗어나질 못하는 스스로에게도 많은 생각이 들었다.

"끝이구나. 이제 이것도……."

마음 한쪽 구석, 저팔계는 쓸쓸함을 느꼈다.

그는 여전히 과거에 머물고 있었다.

*　　　　*　　　　*

"이렇게 계속 서서 이야기하는 것도 불편한데 좀 앉을 래?"

삼장 법사가 웃으면서 허공에다 손을 흔들었다.

하얗던 배경이 흔들리면서 거대한 푸른 연못이 나타난다. 두 사람은 그 위에 놓인 정자에 있었다.

다시 한 번 더 손을 흔드니 이번에는 두 사람 사이로 탁상이 놓였다.

호리병과 술 잔 두 개가 놓인 탁상.

수보리와 만났을 때 보였던 것과 비슷한 현상.

이것도 고의로 연출한 것인 듯싶었다.

또르르.

삼장 법사는 호리병을 들어 지호의 술잔에다 가득 채우면서 한쪽 눈을 찡긋거렸다.

"마셔. 나는 어디 계신 사형이랑 다르게 화끈한 걸 좋아해서."

지호는 어깨를 으쓱였다.

"환장하죠."

"흐흐흐. 그럼 더 잘됐네."

"근데 승려가 술 마셔도 됩니까?"

"뗙! 술이라니! 이건 곡차야, 곡차!"

그러면서 삼장 법사는 자신의 술잔에는 술을 채우지 않

고, 되레 호리병을 입에다 붙여 목을 축였다. 정자 기둥에 반쯤 등을 기대고 다리 하나를 꼬는 자세가, 머리만 깎지 않았다면 꼭 동네 한량을 보는 것 같았다.

"으흐흐흐. 역시 이 맛을 못 끊겠다니까?"

일순, 삼장 법사의 눈가에 그리움이 잠시 스쳐 지나갔다.

지호는 그걸 보고 술잔을 들이켰다.

목이 탈 것처럼 화끈했다.

독한 화주였다.

'이거……?'

지호는 익숙한 맛이란 걸 깨닫고 눈을 동그랗게 떴다.

"응? 뭐야. 너도 마셔 본 적이 있어?"

"예. 예전에 오공과 대작했을 때요."

지호는 손오공이 처음 나후와 싸웠을 무렵, 대장군가의 지붕에서 사타왕, 교룡 등과 나란히 앉아 같이 주거니 받거니 했던 술을 떠올렸다.

너무 오래된 기억이라 가물가물하지만, 그래도 지호에게는 손오공과 함께 쌓았던 몇 안 되는 좋은 추억 중 하나였다.

"푸하하하핫! 새끼, 그렇게 나이를 먹고도 어떻게 내 품을 못 벗어나니. 하여간 남녀노소를 불문한 이놈의 인기란. 나, 승려 안 됐으면 어쩔 뻔했니?"

혼자서 낄낄대면서 제 얼굴에다 금칠을 마구 해 댄다. 삼장 법사는 '자뻑'이 심했다.

하지만 지호는 그 웃음 뒤에 숨겨진 지독한 슬픔과 그리움을 몇 번이고 느꼈다.

말투 하나하나, 행동 하나하나.

과거를 추억하는 모습이 너무나 잘 느껴진다.

천 년도 훨씬 넘는 세월 동안 하나의 임무만을 위해 살아온 저팔계.

먼 미래를 내다보며 괴로움에 싸인 삼장 법사.

과거를 부정하고 싶어 날뛰던 사오정.

그것들을 잊고 싶어 하던 손오공.

과거를 부정하든, 그리워하든, 속박되든, 어떤 것이 되었건 간에, 그들 모두는 과거라는 족쇄로부터 꽁꽁 묶인 상태였다.

빠져나오질 못했다. 헤어나질 못했다.

그들 모두가 지독한 고독함을 품고 있었다.

'대체 뭐가 이들을 이렇게도 괴롭게 만들고 있는 걸까? 무슨 일이 있었기에?'

전에도 의문을 던진 적이 있었다.

어째서 이들 네 명은 서유기에서의 일이 끝난 뒤, 뿔뿔이 흩어지고 말았을까?, 하는 의문.

"거기까지."

아주 잠깐 지호의 머릿속에 스쳤던 질문. 하지만 삼장 법사는 놓치지 않고 도중에 허리를 끊었다.

"나중에. 나중에 저절로 알게 될 테니 너무 캐려 하지는 마라."

연못에다 슬픔을 던지는 삼장 법사 역시 너무나 처량해 보였다.

그러다 호리병을 내리면서 씩 웃는다.

탁!

"자, 목도 축였으니, 이제 사업 이야기 좀 해 볼까?"

"그러죠."

지호는 고개를 끄덕였다.

삼장 법사가 물었다.

"너, 이제 앞으로 정확하게 뭘 할 거냐?"

"절지천통. 그거면 됩니다."

"하늘의 것은 하늘로, 대지의 것은 대지로. 맞나?"

"예."

"흐흐흐흐. 오공 놈이 허구한 날 주둥이에 달고 살던 말인데. 좋아. 그 자세, 정말 좋아."

역시나 혼자서 낄낄 웃어 대면서 허공에다 손을 젓는다.

정자가 갑자기 훅 하고 사라진다.

대신에 두 사람은 연못 위에 둥둥 떠 있었다.

삼장 법사가 손바닥으로 수면을 톡 건드리자, 잔잔했던 수면이 흔들리면서 여러 광경을 비췄다.

"이건 지금부터 너에게는 현재, 나에게는 먼 미래에 해당하는 것들이다. 이곳은 내 심상 세계로 빚은 것이기 때문에 내가 내다본 미래를, 네가 직접 보는 거야."

스르르.

가장 먼저 비친 것은 손가락 굵기가 웬만한 산맥을 훨씬 능가하는 어마어마한 크기의 거인. 반고였다.

움직일 때마다 녀석을 꽁꽁 묶고 있던 쇠사슬이 조금씩 망가지는 게 보였다.

"이건 너도 전에 본 적 있지?"

지호가 고개를 끄덕이자, 삼장 법사가 말을 이었다.

"이걸 네가 복구해야 한다는 건 예전에 오능이 말한 적이 있을 거야."

"예. 하지만 한 가지 문제가 있어요."

삼장 법사가 이해한다는 듯 웃었다.

"복구할 방법을 모른다는 거지?"

"아무리 뒤져 봐도 나오질 않더라고요."

지호는 뒷머리를 벅벅 긁었다.

30년이라는 세월 동안 천산을 가꿀 무렵.

지호는 그동안 천산의 일에만 집중했던 것이 아니었다.

부처를 비롯한 천계의 동향을 항상 살피면서, 한편으로는 수시로 아카식 레코드에 접속해 언젠가 넘어가야 할 저승에 대해서 조사했다.

특히 천신과 부처, 그리고 명부시왕과 어쩌면 마신들도 탐낼지 모르는 반고에 대해서.

하지만 안타깝게도 반고에 대한 것은 알려진 것 외에는 크게 알아낼 수 있는 것이 없었다.

이를 '인식' 해야 할 여와와 세계수의 범위에서 반고가 한 발 떨어져 있기 때문이었다. 반고는 세계수의 뿌리조차 닿지 않는 저 세계 밑바닥에 처박혀 있었으니.

때문에 반고를 묶고 있는 쇠사슬에 관련된 것도 잘 나오지 않았다.

"분명 신진철이 원재료가 되는 것은 분명한데, 거기에 대해서 너무 알아낼 수 있는 게 없더라고요. 복구 방법이든지, 제련하는 방법이든지."

삼장 법사가 씩 웃는다.

"그건 대대로 수인의 일족에게만 전승되던 것들이니까."

"그리고 려의 대에서 끊겼죠."

"그건 걱정 않아도 된다."

"……?"

"너와 오공은 려에게서 갈라져 나온 존재들. 신진철을 제련하는 방식은 머리가 아닌 영혼에 각인되는 것이니 거기까지만 무사히 도착한다면 '저절로' 알게 될 거야."

지호는 심드렁하게 대답했다.

"말은 참 쉽네요. 도구도 재료도 없는데 뭔……."

"흐흐흐흐. 그치? 그래도 멀리 갈 거 없이 너에게는 벌써 신진철이 있잖냐? 안 그래?"

─응웅! 성이가 있으니까 괜찮아!

어느새 지호의 뒤편으로 청룡이 나타나 앙증맞은 주먹을 꽉 쥐었다.

"그래. 나에겐 성이가 있었지. 잘 도와줘야 해?"

─응웅! 맡겨만 줘! 잘할 거야!

지호는 청룡이 너무 귀여워 볼을 마구 비비적거렸다.

"반고만 다시 도로 묶어 놓는다면 절지천통은 저절로 이뤄질 거다. 현재 천계 놈들이 저렇게 날뛰는 것도 잘만 하면 반고가 일어날 수 있을 것 같아서 저러는 거니까."

어떻게 반고를 다룰 수 있다고 그렇게 자신만만해하는 건지, 쯧! 삼장 법사는 짜증이 나는지 혀를 찼다.

"하지만 거기까지 가기가 좀……."

"험난하겠죠."

지호는 짜증이 나는지 인상을 팍 찡그렸다. 그러다 땅이 꺼져라 한숨을 내쉬었다.

"여태 싸운 것만 해도 골치 아파 죽겠는데…… 이제 대체 몇 놈과 싸워야 하는지."

"어이쿠야. 얼핏 한 번 세 볼까?"

삼장 법사는 재미있어 죽겠다는 듯 손가락을 꼽았다.

"어디 보자. 먼저 원인이 되는 명부시왕."

염라왕이 실종되자 기다렸다는 듯이 반란을 일으켰던 지옥의 왕들.

"어떻게든 극락을 보호하려는 지장 녀석도 있을 거고."

두 번째 손가락에 꼽힌다.

"네가 지옥에다 던져 버렸던 마신 놈들도 있지?"

"……제기랄."

"거기다 따로 떨어진 염라도 있고. 캬! 개판이네, 개판."

다시 수면을 두들기니 새로운 광경이 나타난다.

한때 태상노군도 보여 준 적이 있는 엉망이 된 저승.

이미 지옥의 범위는 확장되다 못해 극락을 거의 뒤덮어 저승은 온통 유황불과 시뻘건 하늘로 뒤덮인 세계가 되어 있었다.

그 위를 온갖 놈들이 뛰어다녔다.

수면이 바뀌면서 계속 다양한 놈들을 비춘다.

통천교주. 명부시왕으로 보이는 이름을 알 수 없는 자들.

지장.

그리고,

"……염라."

지호는 익숙한 얼굴을 보고 가만히 못 박힌 듯 굳었다.

어딘지 모르게 피곤한 기색이 가득한 얼굴.

한창 전쟁을 치르고 있는지, 화마가 가득한 곳에서 그녀는 병사들을 이끌면서 하늘에서부터 덮쳐 오는 갖가지 놈들과 수없이 부딪쳤다. 가녀린 손이 쥔 검에서는 쉴 새 없이 핏물이 뚝뚝 떨어졌다.

하지만 두 눈가에 단단히 어린 집념은 전혀 사라지지 않는다. 도리어 화려하게 불태우면서 적의 목을 베고 또 벤다.

그런데 조금 이상하다.

'오공은, 어디 있는 거지?'

염라왕을 옆에서 도와줘야 하지 않나?

다른 전장에서 활약을 하고 있는 걸까? 아니면 다른 일이 있는 걸까?

스르르.

그때 수면이 다시 흔들리면서 사라졌다.

"너한테는 이거였다지?"

삼장 법사는 새끼손가락을 흔들었다.

"새끼, 하여간 재주도 좋아. 천계에서도 까탈스럽기로 유명해서 아무도 못 건드린다는 얼음 마녀를 꼬셔 내고."

그러면서 말했다.

"네가 가장 먼저 해야 할 건 당연하지만 염라를 도와서 저승을 싹 한 번 정리하는 거다. 그리고 잃어버린 권능을 되찾게 해 주는 거지."

"권능?"

"염라에게는 예전부터 지옥을 다스리기 위한 대단한 일곱 가지 권능이 있어. 지장도 거기엔 미치지 못할 정도였지. 하지만 염라는 상제에게 당해 몸을 숨겨야 했고, 그 과정에서……."

"권능이 누락되었다는 겁니까?"

"그래. 정확하게는 흩어졌지. 저승 곳곳으로. 그중 일부는 명부시왕이 가지기도 하고, 마신들이 가졌기도 하고. 하여간 좀 복잡할 거다. 무엇보다."

삼장 법사의 눈빛이 진지해졌다.

"그 일곱 개의 권능이 한데 모여야 반고가 있는 세상 밑바닥으로 통하는 문을 열 수 있다. 그건 다른 누구도 아닌 염라에게만 허락된 특권 같은 거야."

지호는 머릿속으로 해야 할 일을 정리했다.

"그럼 염라를 도와 저승을 정리하고, 반고로 넘어가면

되겠군요."

내용은 간단하지만, 아주 복잡할 것 같은 일.

과연 제대로 해낼 수 있을까 걱정이다.

하지만 한편으로는,

두근.

그녀를 다시 만날 수 있다는 사실이 설레게 만든다.

그런데 왜일까?

한편으로는 가슴이 아리기도 한다.

'은영아…….'

남섬부주에서 애타게 자신을 기다리고 있을 사람.

   "또 가시는 건가요?"

자신을 보며 던지던 질문.

   "금방 다녀올게."

거기에 답했던 자신의 대답.

하지만 지호는 아리는 마음을 꾹 눌렀다.

'대답은, 돌아갔을 때 하자.'

두 눈을 화안금정으로 밝히면서 삼장 법사를 응시했다.

"그래. 네가 저승으로 넘어간다면 꼭 짚어 주고 싶었다. 그리고 네가 삼도천을 건널 때쯤에 염라는 이층에 위치한 '흑승'에 있을 거니 참고해."

흑승지옥. 생전에 살인과 도둑질을 한 죄인이 죽어서 가게 되는 곳으로, 뜨거운 쇠사슬에 묶여 톱으로 잘리는 고통을 받는 곳이라 하던가.

"고맙습니다."

지호는 고개를 숙였다.

그 넓은 저승에서 어떻게 염라를 찾을까 싶었는데, 이렇게 단서라도 얻었으니 일이 수월해질 것 같았다.

"생색은 내가 내고, 고생은 네가 하는데 뭘. 열심히 해라."

지호는 자리에서 일어나 고개를 숙였다.

수많은 세월이라는 간격이 떨어져 있어도 언제나 세상을 걱정하고, 위기 시에는 늘 자신을 도와줬던 고마운 사람이다.

지호는 떠나기 전에 '당신이 본 미래에는 제가 어떻게 되었습니까?' 라고 묻고 싶은 마음을 꾹 눌렀다.

그게 실패가 되건, 성공이 되건, 왠지 대답을 들으면 결과가 고정되어 버릴 것 같다는 느낌이 들었다.

지호는 감사하는 마음에 절을 하고, 돌아서서 연못을 빠져나왔다.

그렇게 지호가 나간 자리.

삼장 법사는 홀로 남아 호리병에 마지막 남은 술로 씁쓸한 입을 달랬다.

"……미안하다."

뜻을 알 수 없는 혼잣말과 함께,

파스스.

연못이 사라졌다.

*　　　*　　　*

저팔계의 한쪽 눈썹이 꿈틀거린다.

오랜 세월 동안 환생에 환생을 거듭하며 지켜 왔던 삼장 법사의 사리 진체가,

파아아아아……!

점점 빛을 잃어 가고 있었다.

어느 때나 화려하게 빛을 발하던 사리였건만.

'그걸로 된 거야, 스승?'

그녀는 천 년이 넘는 시공을 넘어 자신을 보고 있을 삼장 법사에게 그런 질문을 던졌다.

언제부턴가 끊임없이 하던 질문의 연장선.

하지만 대답은 한 번도 들어 본 적이 없었다.

그리고 사리가 완전히 빛을 잃어 그저 그런 탁한 빛깔의 평범한 사리가 되었을 때, 지호가 눈을 떴다.

지호의 눈동자는 황금색으로 빛을 발하다 금세 사그라졌다.

하지만 저팔계는 알 수 있었다.

지호가 어딘지 모르게 달라졌다는 것을.

저팔계는 지호가 삼장 법사와 무슨 이야기를 나눴는지 묻고 싶은 마음이 굴뚝같은 것을 억누르고, 화사하게 웃었다.

"사업 이야기는, 잘 끝났나 봐?"

지호는 고개를 끄덕였다.

"예. 이제 할 게 많을 것 같네요."

저팔계는 콧소리를 냈다.

"흐응. 자신만만한데? 저승은 천계의 신들도 보통 가기를 꺼려하는 곳인데."

"그래도 누군가는 해야겠죠."

지호는 담담하게 대답했다.

하지만 눈가에는 단단한 결의가 갖춰졌다.

'그렇구나.'

저팔계는 그제야 지호에게서 뭐가 달라졌는지를 어렴풋

이 짐작할 수 있었다.

'오공의 마음과 삼장의 결단이라.'

여러 면에서 손오공과 많이 닮았다는 생각은 했었지만, 거기에 더해 삼장 법사의 의지마저 계승했을 줄이야.

그러자 문득 그런 생각이 들었다.

'너라면……'

어쩌면. 정말 어쩌면.

'해낼 수 있지 않을까?'

스승과 우리 사형제들이 겪었던 고난을, 천 년이 넘도록 끌어안아야 했던 고민을, 난제를, 저주를, 풀어 줄 수 있지 않을까?

하지만 저팔계는 내색하지 않았다.

지호에게 짐을 더해 주고 싶은 생각은 없었으니까.

대신에 삼장 법사가 마지막으로 그녀에게 부탁했던 것을 이행했다.

"자."

저팔계가 불쑥 삼장의 사리를 지호에게 내밀었다.

지호가 이게 뭐냐는 얼굴로 바라본다.

"이게 있어야 삼도천을 건널 거 아니야? 설마 너 아무것도 없이 그냥 건너려고 했어?"

지호는 다시 한 번 수보리가 했던 말을 떠올렸다.

한 손에는 보주를, 다른 한 손에는 여의봉을 들고 삼도천을 건넌다는 말. 거기서 말했던 '길을 밝히는 보주'가 이걸 의미했던 거였구나.

"고맙습니다. 잘 쓸게요."

"생색은 내가 내고, 고생은 네가 하는데 뭘. 열심히나 해."

그러자 지호가 갑자기 피식 웃었다.

저팔계는 영문을 몰라 고운 미간을 좁혔다.

"갑자기 왜 웃어?"

"아뇨. 말씀하시는 게 삼장이랑 너무 비슷해서."

"뭐?"

저팔계의 표정이 묘해지는 가운데, 지호는 웃는 낯 그대로 주변을 둘러봤다.

홍해아와 교룡 등 마경의 사람들이 여전히 자신을 주시하고, 이예와 소호 금천은 이제 어떻게 할 것인지 눈빛으로 묻는다.

지호는 한 번 크게 숨을 골랐다.

삼장 법사와 이야기하는 동안 흥분했던 마음이 차분하게 가라앉았다.

소호 금천과 이예에게 묻는다.

"도와주실 거죠?"

"도와주다마다. 주군이 가는 길이 곧 내가 가는 길이 아니겠나. 흘흘흘."

"당연한 소리를."

"꽤 오랫동안 항아를 못 보게 될지도 모르는데?"

살짝 긁어 봤지만, 팔짱을 낀 이예의 눈빛은 고요했다.

"내가 너와의 의무를 저버리고 돌아간다면, 그녀는 더 크게 화를 낼 것이다. 그녀는 그런 사람이다."

「켈켈켈. 안 간다고 버텨도 안 될걸?」

「당연하지! 우리가 강제로 끌고 갈 건데 뭐.」

「우리만 고생할 수는 없지. 흐흐흐흐.」

그때 그들 사이로 허신의 목소리가 메아리처럼 가볍게 울려 퍼진다.

지호는 피식 웃으면서 고개를 끄덕였다.

부처들과 한 차례 큰 전투를 치르고 났더니, 그새 그들 사이에 어떤 감정적인 교차점이 생겼나 보다.

이번엔 홍해아와 마경 사람들을 돌아봤다.

"당연한 소리지만, 난 널 잘 몰라. 만약 뜻대로 따르지 않고 제멋대로 군다면……."

뒷말은 굳이 달지 않았다.

그걸로도 충분히 말뜻은 전해졌으니까.

홍해아는 파초선을 탁, 하고 접으면서 의기양양하게 대

답했다.

"나 역시 아버지의 부활을 꿈꾸는 몸인데. 어떻게 네 발목을 잡으려 들까? 걱정 마라."

이번에는 동주칠마왕 쪽.

"동주칠마왕과 복마전 분들은 천산으로 가 주십시오. 만약 떠나시겠다고 해도 크게 잡지는 않겠습니다."

"흥! 아예 대놓고 협박을 해라, 협박을. 하여간 막내 새끼랑 하는 짓이 똑같아, 아주."

"그래도 혹시 아우? 그 천산인가 뭔가 하는데 가면 재미난 게 많을지. 난 꽤 재미있을 것 같은데."

"재미있긴, 개뿔이!"

교룡과 사타왕이 티격태격하는 사이, 복마전주가 고요한 눈빛으로 물었다. 지호에 대한 원망과 살의가 들끓어도 어쩔 수 없이 누르고 있는 듯했다.

"우리가 따로 할 일은? 없나?"

"부처들이 흔들리고 우마왕이 부재중인 이상, 천계가 어떻게 나설지 모르니 예의 주시해 주십시오. 어떻게든 손을 쓰려 할 것입니다."

"그러지. 어차피 늘상 하던 일이니까. 복마전, 전원 나를 따른다."

복마전주는 뭐가 그리 급한지 복마전을 데리고 공간을

열어 천산 쪽으로 향했다. 동주칠마왕도 '같이 좀 가자, 이
것들아!' 라며 소리치는 교룡의 목소리를 남기며 뒤따라 사
라졌다.

그렇게 전장에는 지호를 비롯한 일행과 저팔계만이 남았
다.

"그럼 다녀오겠습니다. 뒤도 잘 부탁드릴게요."

"그래. 염라한테 안부도 좀 잘 전해 주고. 알았지?"

저팔계가 한쪽 눈을 찡긋거린다.

지호는 피식 웃더니 보주를 품속에 잘 갈무리하고, 다른
한 손에 열쇠를 꺼냈다. 이예가 예전에 주었던 애기살.

과감하게 애기살을 자물쇠에다 꽂고, 그대로 돌렸다.

철컥!

무언가가 열리는 소리와 함께 지호와 일행은 환한 빛무
리와 함께 사라졌다.

"잘 부탁한다라…… 하여간 이놈이고 저놈이고 왜 이리
시키는 게 많은 건지."

저팔계만이 홀로 남아 주변을 둘러보다, 이내 그녀 역시
어디론가 축지를 밟아 사라졌다.

*   *   *

동승신주에서도 시선이 잘 들지 않는 곳.

우걱우걱.

호자는 망량의 팔다리를 뜯어 게걸스럽게 먹어치우고 있었다.

얼마나 많은 에너지를 섭취한 건지, 벌써 녀석은 단순한 영혼의 형체를 벗어나 비교적 뚜렷한 사지를 가진 육체를 구현하고 있었다.

그러다 갑자기 뭔가를 느꼈는지 망량을 먹다 말고 고개를 번쩍 들었다.

―음? 이건?

눈을 감고 뭔가를 느끼고 이내 감았던 눈을 확 떴다. 입가에 환한 미소가 걸렸다.

―그렇구나. 떠났구나!

아직 옛날의 힘을 되찾지 못한 호자로서는 지호와 허신들이 부담스럽기만 했다.

그런데 이렇게 모두 자취를 감췄으니.

하물며 이곳은 대부분의 선인들도 주살된 곳.

이제 이 세상은 자신의 것이나 다름없었다.

―푸핫! 푸하하하하핫! 조금만! 조금만 더 기다려라. 내가 왜 호자라고 불렸는지, 똑똑히 기억나게 해 줄 테나까!

허신과 부처들이 하계에 할퀴고 지나간 상처 때문에 호

자는 빠른 속도로 회복이 가능하게 되었다. 이제 전성기 때의 힘을 되찾는 것도 무리는 없는 듯했다.

하지만,

"흐응. 하여간 이런 뒤치다꺼리나 해야 하고. 귀찮아 죽겠다니까."

다시 망량을 뜯어먹으려던 호자 뒤편으로 뭔가 마음에 안 든다는 투의 가냘픈 목소리가 들렸다.

호자가 화들짝 놀라 뒤를 본다.

저팔계가 가느다란 허리에 손을 얹으며 녀석을 보고 있었다. 입가에 차가운 미소를 띠고서.

사실 지호는 호자를 놓친 게 아니었다.

그저 당장 처치할 필요가 없다고 느꼈을 뿐이지.

그리고 그 뒤처리를 저팔계에게 맡긴 것이다.

—너……?

호자는 다른 뭔가를 찾는지 저팔계 주변을 재빨리 훑어봤다.

"걱정 마렴. 여길 알고 있는 건 나밖에 없으니까."

—그렇단, 말이지?

호자는 마저 남았던 망량의 팔을 입 안에 밀어 넣고 몸을 일으켰다. 좀 전보다 더 뚜렷해진 육체에서는 마기가 마구 풍겼다.

―정단사자의 영혼이라면, 보다 빨리 힘을 채울 수 있겠어.

저팔계는 짐짓 장난스럽게 겁먹은 척 연기했다.

"어머. 날 어떻게 하려고?"

―먹어 주마!

쐐애애애애애액!

호자가 몸을 날린다. 갈고리처럼 구부린 양손이 길게 늘어나 가시처럼 뾰족했다.

저팔계는 부끄러운 듯 몸을 배배 꼬았다.

"흐응. 그렇게 대놓고 얘기하면 어떡해? 나는 참 이렇게……!"

호자의 손날이 저팔계의 가슴팍에 닿으려는 찰나, 갑자기 그녀가 몸을 옆으로 틀더니 아주 가볍게 손을 낚아챘다.

―어, 어떻게!

호자의 두 눈이 부릅떠졌다.

분명 심장에 손날이 박혔을 텐데? 어느 사이에?

순간, 저팔계가 웃었다.

아주 요염하게.

"거친 남자가 참 좋더라!"

푸화아악!

―크아아아아아아악!

호자의 오른팔이 강제로 뜯겨 나간다. 핏물이 사방으로
튀면서 저팔계를 흠뻑 적셨다.

―젠장! 젠장!

호자는 고통에 몸부림치며 저팔계에게서 떨어지려고 했
다.

하지만,

"그러니까."

텁!

이번에도 어느샌가 저팔계가 손길을 뻗으며 도망치는 호
자의 멱살을 틀어쥐었다.

"좀 더. 이 누나를."

핏물이 뚝뚝 떨어지는 호자를 보는 저팔계의 두 눈은 황
홀에 젖어 있었다. 지금 이 순간이 너무 재미있어 죽겠다는
황홀.

광기가 물씬 풍겼다.

"흥분시켜 주지 않을래?"

좌아악! 좌아악! 좌아악!

저팔계는 마구잡이로 호자를 뜯었다.

―크아아악! 크아아아! 크아아아아아!

사지를, 내장을, 영혼을, 닥치는 대로 마구 손에 쥐고 뽑
았다. 그럴 때마다 호자가 어떻게든 반항을 하려 해도 저팔

계에게 상처 하나 주지 못했다.

아니, 오히려 그러면 그럴수록 저팔계의 내면에 숨겨진 가학심만 마구 자극했다.

결국 한참 시간이 지난 뒤에 호자는 더 이상 비명을 지르지 못했다. 꺼억, 꺼억, 머리통만이 남은 채 헛구역질만 계속 해 댔다.

제발 죽여 달라는 눈빛.

어느새 저팔계는 난잡하게 흩어진 호자의 영혼 더미에 올라타 있었다.

이젠 제법 속이 후련하다는 듯 표정이 개운했다.

하지만 눈가에 맺힌 광기는 여전히 살벌했다.

"미안. 사실 이 누나가 스트레스가 좀 쌓였거든."

—넌…… 미…… 쳤……!

"당연하지. 미치지 않고 어떻게 이런 일을 계속 하겠어. 안 그래?"

—제…… 발…… 죽…… 여……!

"흐응. 간만에 이렇게 좋은 장난감을 만났는데 어떻게 그래. 그러니까."

저팔계의 양쪽 눈이 생긋 호선을 그렸다.

"좀만 더 힘을 내렴. 이 누나를, 정성껏, 달래 주는 거야. 알았지?"

─아, 안······! 크아아아아아악!

좌아아아아악!

"호호호호호호호!"

호자가 마구잡이로 튕겨나가는 곳에는 가느다란 교성만
이 잔뜩 울려 퍼졌다.

*   *   *

"와하! 상제의 천봉원수가 성격이 아주 지랄 맞다, 지랄
맞다, 이야기는 들었지만, 이 정도일 줄은 상상도 못했는
데?"

"네놈은 또 뭐냐?"

"나? 삼장."

처음 저팔계가 삼장 법사를 만난 건 천계에서였다.

껄렁껄렁한 태도하며 장난기 많은 얼굴.

이런 놈이 진짜 엄숙하기로 유명한 석가여래의 제자라
고? 믿기지가 않았다.

당시 저팔계는 황당하기도 했지만, 삼장 법사와 나눌 이
야기가 없기 때문에 철저히 무시했다. 이런 놈을 상대할 정
신 따위는 없었다.

그때 저팔계는 주변 상황이 여러모로 좋지 않았다.

계속되는 평화. 수하들의 일탈. 반복되는 사건 사고. 연인과의 불화 등, 악재가 계속 겹치고 겹치던 중이기 때문이었다.

특히 평화가 계속 이어진다는 것은, 장수로서 최고 지휘에 오른 그에게 많은 내적 갈등을 가져다주었다.

본디 저팔계의 가문은 천계 내에서도 손꼽히던 명문가. 당연히 가문에서는 저팔계가 응당 옛 이예를 잇는 상장군의 지휘를 얻을 수 있을 것이라는 기대심이 컸고, 또한 이를 이루기 위해 많은 지원을 아끼지 않았다.

하지만 삼신장이라는 벽은 너무나 높았다.

무위로는 당해 낼 재간이 없는 이랑진군, 눈빛만으로 백만 대군을 호령하는 벽력자, 결점을 찾아보기 힘든 나타.

이들에 대한 군부의 신임과 지지는 그만큼 단단했다.

무엇보다 싸움이 있어야 공을 세우고 주군에게 인정을 받을 것이 아닌가?

하지만 평화는 너무 오랫동안 지속되었고, 주군인 옥황상제는 통치에 흥미를 잃어 가고 있었다.

그러나 가문에서는 이를 알아주지 않았다.

되레 근본도 없는 삼신장 따위를 어쩌지 못하냐며 핍박을 하고, 더욱 채근하기에 바빴다.

결국 저팔계는 계속되는 압박에 정신적 고통을 호소하

다, 끝내 사고를 치고 말았다.

옥황상제의 주관 하에 벌어진 연회에서, 자기도 모르게 몸을 못 가눌 정도로 진탕 술을 마셨다가 한쪽 구석에 외로이 있는 항아를 희롱하고 만 것이다.

사실 그럴 생각은 추호도 없었다.

자신이 색과 술을 밝히는 편이긴 하지만, 임자가 있는 사람을 건드릴 정도로 못나진 않았으니까.

하지만 취기에 젖은 나머지, 이예에 대한 열등감이 폭발해 그러고 말았으니.

결국 옥황상제는 저팔계에게 징벌을 내렸다.

하계로 떨어져 가축과 같은 삶을 살 것.

영예로운 천봉원수에서 한낱 천민으로 추락하고 만 것이다.

그때 주변에는 아무도 없었다.

언제나 자신을 채근하던 가문도. 충성을 바치겠다던 수하들도. 자신을 중용하겠다며 입발림한 말을 하던 주군도. 모두.

그렇게 하계에 떨어지고 나서는, 정말 마구잡이로 날뛰었다.

여태 쌓인 압박을 모두 털어 버리려는 듯. 자신을 이깟 하찮은 세상에 떨어뜨린 천계를 모욕하려는 듯.

산적이 되어 약탈을 하고, 도둑이 되어 도둑질을 했다. 살인, 방화, 협박…… 정말 인생 망종이 하는 짓이란 짓은 전부 골고루 하고 다녔다.

그런데도 심중에 쌓인 화는 더 크게 불어나기만 할 뿐. 좀처럼 가시는 법이 없었다.

그때 다시 만났다.

삼장 법사를.

놈은 어디 먼 길이라도 가고 있던 건지 꾀죄죄한 몰골이었다. 그래도 기생오라비처럼 멀끔한 얼굴은 어디 간 게 아니어서 눈동자만으로 얼굴을 알아볼 수 있었다. 옆에는 그를 시종하는 듯한 행자가 하나 있었다.

"참 가지가지한다."

삼장 법사는 다짜고짜 콧방귀부터 꼈다.

"뭐?"

"재롱 피워 봤자 아무도 안 봐줘."

"무슨 소리를 하는 거냐!"

"너, 그렇게 지랄해 대는 거, 위에다가 제발 저 좀 봐주세요, 제발 좀 봐주세요, 눈길 끌려고 그러는 거잖아?"

"네놈이 뭘 안다고!"

"딱 봐도 알겠구만, 무슨."

"감히 날 능멸해……!"

이렇게 하찮게 변한 자신을 조롱하려고 내려온 것일까?

저팔계는 두 눈이 뒤집힌 채로 날뛰었다. 세상 사람들이 나찰이라며 두려워하던 모습이었다.

하지만 삼장 법사는 유유자적했다.

"자, 가랏! 돌원숭이!"

"내가 왜?"

행자 녀석이 새끼손가락으로 코를 후비적거렸다.

"이 몸을 봐라. 나 같이 지체 높은 양반이 아랫것들과 드잡이질을 해서 쓰나."

"지랄을 하세요."

"옴……!"

"아악! 아프다고! 아파! 젠장! 할게! 하면 되잖아! 하면! 젠장! 이 빌어먹을 땡중 같으니라고!"

"으하하하하! 이거 진짜 편하네!"

금색 눈에 하얀 머리. 행색이 영 이상한 행자 녀석은 머리에 쓴 관 때문에 두통이 심한지 이마를 부여잡고 인상을 잔뜩 찡그리면서 말했다.

"이 돼지 같은 새끼. 안 그래도 저 땡중 때문에 짜증 났는데 잘됐다. 오늘 이 형아한테 돼지 멱따는 소리가 날 때까지 좀 맞자."

"개소리 마라!"

저팔계는 이제 한낱 행자까지 자신을 무시한다는 생각에 길길이 날뛰며 놈을 몰아붙였고,

우당탕탕!

……정말 돼지 멱따는 소리가 날 때까지 실컷 두들겨 맞았다.

"꾸에에엑! 꾸엑! 살려 줘!"

"말이 짧다?"

"아닙니다! 살려 주세요! 살려! 주세! 꾸에에엑!"

나중에 알고 보니 행자 녀석의 이름은 손오공. 천계에서도 몇 번 들은 적이 있던 제천대성이었다.

이런 놈에게 달려들 생각을 했을 줄이야.

하지만 한편으로는 뼛속이 아릴 때까지 실컷 두들겨 맞고 나니 속이 시원했다.

그래. 자신은 이만한 존재였다. 저들이 생각하는 것처럼, 자신이 생각하는 것처럼, 자신은 큰 사람이 아니었다. 그저 한 사람. 그냥 단순한 한 사람이었을 뿐이었는데. 대체 무엇에 그리도 쫓기고 다녔고, 압박에 시달리다 이 지경까지 내몰렸던 것이었을까.

"하, 하하하, 하하하하하……!"

주르륵.

그런 생각이 들자, 자기도 모르게 눈물이 나왔다. 하지만

입가에선 웃음이 터졌다.

"……너 너무 많이 때린 거 아니냐?"

"이봐, 스승."

"왜?"

"저런 놈을 진짜 사제로 들여야 해? 버리면 안 되나?"

"아미타불 관세음보살. 어찌 불제자가 되어 번뇌에 잠긴 중생을 못 본 척하고 갈 수 있겠는가?"

"아주 지랄을 해요. 언제부터 그렇게 불가에 심취했다고. 석가가 외는 경전을 듣다 졸아서 하계에 떨어진 주……!"

"옴……!"

"아아악! 알았어! 알았다고! 입 닥치고 있으면 되잖아! 젠장!"

금고아 때문에 두통에 시달리는 손오공을 뒤로한 채, 삼장 법사가 다가왔다.

"나와 함께 갈 테냐? 내 두 번째 제자가 되려무나. 널 고난의 늪에서 구제해 주마."

저팔계는 삼장 법사가 내미는 손길을 거부할 수 없었다.

그렇게 그는 삼장 법사의 두 번째 제자가 되었고, '오' 자 항렬에 '능'이라는 단어를 하사받아, '오능'이라는 법명을 가지게 되었다.

그래서 저오능.

저팔계는 식탐이나 색욕 같이 탐욕이 많으니 불가의 팔계(八戒)를 지키라며 스승이 특별히 붙여 준 별명이었다.

"사형께 부탁이 있어!"

"뭔데?"

그래도 힘 하나는 쓸 만한 쫄다구(?)가 생겼다는 사실에 기뻤던 손오공이 무엇이든 말하라며 고개를 주억거렸다.

하지만 돌아오는 건 좀 황당한 것이었으니.

"아까 전에 한 것처럼 다시 날 때려 줘!"

"……응?"

"기분 최고였어!"

"……."

저팔계는 그때 싸늘하게 식어 가던 손오공과 삼장 법사의 얼굴을 아직도 잊지 못했다.

*　　　*　　　*

"푸하하하하하핫!"

저팔계는 한참 호자를 뜯고 나니 속이 다 후련해지는 것 같았다.

―꺽…… 꺽…… 꺽……!

이미 호자는 맛이 간 상태였다. 이성 따윈 아무것도 남지 않았다.

"후우우우! 미안해. 그래도 네가 이 누나 좀 이해해 주라. 오죽 스트레스가 쌓였어야지."

저팔계는 부끄러운 듯 양손으로 볼을 비볐다.

"사실 스트레스가 피부에는 저어어어엉마아아알 안 좋거든. 부처 놈들은 툭하면 사리 내놓으라고 협박하지, 뭘 하려고 하면 다른 게 훼방 놓지, 그동안 짜증이 이만저만이 아니었다고?"

그러다 배시시 웃으며 애교 섞인 콧소리를 낸다.

"그래도 덕분에 좀 풀었으니까. 마지막은 안 아프게 해 줄게. 잘 가!"

저팔계는 손톱을 바짝 세우며 얼마 남지 않은 호자의 영혼을 찍어 눌렀다.

콰직!

악귀의 영혼이 산산조각 났다.

"후우! 그럼 이제 돌아가 볼까?"

이제 동승신주에서의 일은 모두 끝났다.

저팔계는 공간을 열어 다시 남섬부주로 넘어갔다.

"천밍위에, 천밍위에! 대체 어딜 갔었던 거야? 한참 찾았잖아. 지금 감독님이……."

방금 전까지 있었던 방.

매니저가 문을 활짝 열고 다급하게 들어왔다.

"오빠."

"왜 그래?"

"나 딱 1시간만 딜레이 시킬 수 있을까?"

"갑자기 왜?"

"컨디션이 좋질 않아서. 잠깐만 눈 좀 붙이려고."

"으, 응. 알았어. 그럼 딱 1시간만이다?"

"고마워."

저팔계는 대기실에 아무도 들어오지 못하게 문을 걸어 잠그고, 축지를 밟아 다른 곳으로 향했다.

익숙한 곳. 중국 시안의 홍교사.

향냄새가 코끝을 간질였다. 경내를 구경하던 사람들이 혹시나 알아볼까 싶어 모자로 머리를 푹 눌러쓰고 걸음을 옮겼다.

역시나 발걸음은 익숙하다. 지난 세월 동안 몇 번이고 방문하고, 돌아다녔기에 이미 이곳은 그녀에게 집보다도 더 아늑한 곳이었다.

그녀는 삼장의 사리가 보관된 사리탑 앞에 섰다.

마침 사리탑을 관리하던 승려가 그녀를 보고 합장을 했다. 저팔계도 마주 서서 합장했다.

"오셨구려, 시주."

"예. 그런데 오늘 스님 안색이 좋질 않으세요. 무슨 안 좋은 꿈이라도 꾸셨어요?"

"간밤에 흉몽(凶夢)이 있었다오."

"흉몽이라고요?"

저팔계가 놀란 듯 눈을 크게 떴다.

"노납뿐이 아니라 다른 아이들에게도 석가께서…… 아니, 이건 시주께 드릴 말씀은 아닌 듯하구려. 여하튼 간만에 오셨으니 푹 쉬다 가시구려."

저팔계는 감사하다는 뜻으로 합장을 했다. 이미 흥교사 내에 삼장의 사리탑을 좋아하는 천밍위에의 모습은 아주 익숙한 것이어서 크게 신경 쓰지 않았다.

"이봐, 땡중 스승."

저팔계는 손으로 사리탑을 쓰다듬었다. 함부로 문화재를 만져서는 안 되지만 신기하게 그녀 주변에는 사람이 아무도 없었다.

"이제 난 뭘 하면 되는 걸까?"

저팔계가 갑자기 스트레스를 발산했던 이유.

바로 공허함 때문이었다.

오랜 세월 동안 그녀를 지탱해 줬던 사명이 모두 끝나고 난 뒤, 찾아온 공허함.

"여태 살았던 이유가 이거 때문이었는데. 이젠 어디서 뭘 하면 좋을까? 왜 난 사형이나 사제처럼 내가 할 일을 찾지 못하는 걸까?"

스르르, 손길이 미끄러진다.

그러다 저팔계는 울타리 안으로 들어가 사리탑 옆에 누웠다. 가만히 눈을 감았다.

이젠 쉬고 싶었다.

"보고 싶다, 다들. 정말로."

또르르.

눈가에서 눈물이 흘러내렸다.

아주 오래전, 스승과 사형을 처음 만났을 때처럼.

　　　　　　*　　　　*　　　　*

어둠 속에서, 불꽃이 피어난다.

　　─부처가, 모두 당했다더군.
　　─뭐라? 설마 놈이 그 정도였단 말인가?
　　─우마왕이 나섰다.
　　─으으으으음. 그라면 충분히 가능할 일이지.
　　─하! 석가가 땅을 치고 통탄하겠어.

―하면 이제 어찌한다? 천둥벌거숭이가 제 주제도 모르고 저승으로 뛰어들려 할 터인데.

―효마의 잔재가 깨어나려는 것인가?

―흥신이로고.

―따지고 보면 제천대성보다 더한 놈이 아닌가.

―하지만 큰 걱정은 하지 않아도 될 듯하군. 놈이 제아무리 날뛰어 봤자, 결국 이곳에선 어중이떠중이에 불과하지 않은가?

―그래도 방심하면 안 될 일.

―인정할 건 인정해야겠지. 이젠 놈을 더 이상 제천대성이라 부르면 안 될 듯하고…… 뭐라고 한다?

―감히 하늘(天)에 대적한 마귀(魔)이니, 천마(天魔)라 칭하는 게 어떤가?

―천마라, 천마!

―하면 앞으로 그리 부르도록 하지.

―천마가 곧장 흑승지옥으로 향할 건 분명한 터.

―하면 준비를 하도록 하지. 이보게, 초강.

―후후후후. 걱정 말게. 놈은 삼도천조차 제대

로 건너지 못할 것이니.

                    *   *   *

　이승의 하늘이 마음이 탁 트일 정도로 푸르다면, 저승의 하늘은 마음이 가라앉을 정도로 붉다. 마치 선혈을 흩어 놓은 것처럼, 마치 가을철 단풍잎을 보는 것처럼 온통 붉기만 한 하늘.

　그 아래에서, 지호는 유황불처럼 뜨겁고, 바다처럼 넓고 깊은 삼도천 앞에 섰다.

53장

나라카

　지호가 처음 삼도천을 보고 받은 느낌은,

　"……답답하네요."

　가슴 언저리가 턱 하고 막히는 것 같았다.

　반대편 육지가 보이지 않고 수평선을 그리고 있으니 '천(川)'이 아니라 '바다'라고 해야 옳지 않을까.

　끝없이 펼쳐진 강은 부글부글 끓어 쉴 새 없이 기포를 쏟아 냈다. 덕분에 삼도천 위는 숨이 턱하고 막힐 정도로 습기 가득한 더위를 자랑하고, 수증기는 자욱한 안개를 만들어서 수평선마저 가려 버렸다.

　특히 탁한 잿빛을 발하는 강물은 깊이를 짐작할 수 없어

보는 것만으로도 위압감을 선물했다.

반면에 고개를 반대로 돌리면 전혀 다른 광경이 펼쳐진다.

푸른 하늘, 그 아래 보이는 녹색 평원.

상쾌한 바람이 살랑살랑 흔들려 풀잎을 스친다.

단지 몇 걸음을 옮기는 것만으로 환경이 이렇게 급격하게 바뀌다니.

삼도천을 중심으로 푸른 하늘과 붉은 하늘이 서로 뒤엉킨 형태였다.

"어쩔 수 없지 않겠나? 이곳이 이승과 저승을 가로지르는 경계선이니."

소호 금천이 쓰게 웃었다.

"다만, 예전에는 삼도천이 푸른 하늘과 붉은 하늘의 중앙을 정확히 가로질렀을 것인데……."

올려다 본 저승의 하늘은 삼도천을 넘어 상당한 영역을 자랑했다.

"지금은 붉은 하늘이 푸른 하늘의 영역을 침범하고 있군요."

지호의 말에 소호 금천이 무겁게 고개를 끄덕였다.

"아무래도 두 경계선이 흐려지고 있는 게 사실인 듯하이."

"그러니 하루라도 빨리 일을 정리해야겠죠."

지호가 가볍게 한숨을 내쉬었다.

소호 금천이 말했다.

"아, 참. 그리고 한 가지 명심해 두게. 아마 삼도천에서부터는 비교적 신위가 낮아질 게야."

"안 그래도 느끼고 있었습니다."

"아마 삼도천을 모두 건너고 나면 더 심해질 걸세. 이승과 저승을 구성하는 법칙은 한참 다르니까."

지호는 이승에서 법칙을 구현해 신의 반열에 올랐다.

당연히 법칙이 전혀 다른 저승에서는 제약이 가해질 수밖에 없다.

더군다나,

"하물며 이곳은 해와 달이 없는 세상. 나와 이예는 두말할 것도 없고, 빛이 닿지 않는 이곳에서 자네는…… 불리해도 너무 불리해."

여러모로 저승은 지호에게 있어 힘든 곳이었다.

제천대성으로서의 힘을 오롯이 낼 수 없다는 것.

앞으로 얼마나 될지 모르는 적들과 싸워야 하는 판국에 힘들어질 수밖에 없다.

그래도 지호는 상관없다는 듯 웃었다.

"괜찮습니다. 위험해지면 여러분들께서 도와주시겠죠."

그러자 머릿속에서 목소리가 흘러나왔다.

「허허허허허! 우리 어린 주군께서는 참 말도 예쁘게 하시는군.」

「그래. 무슨 걱정이 있겠나! 우리가 항상 옆에 있는 것을.」

「덤빌 테면 얼마든지 덤벼 보라고 해! 누가 덤벼도 끄떡없을 테니.」

기분이 좋아진 허신들이 너털웃음을 터뜨렸다.

—나도! 나도 우리 지호 도와줄 거야!

청룡도 이에 질세라 웅웅 울어 댄다.

지호가 어깨를 으쓱거렸다.

"다들 그러시다네요."

소호 금천은 못 말리겠다는 듯 고개를 절레절레 흔들었다.

"하여간 영감들, 나이 먹고도 도통 철이 들 줄을 모르니. 쯧! 이 사람들아! 빛이 없으면 자네들도 현현하기 어렵다는 걸 왜 몰라!"

아직 신위를 완전히 각성하지 못한 허신들로서는 빛이라는 매개체가 없으면 밖으로 힘을 투영하기가 힘든 상황.

다른 방책을 마련하지 않으면 그들 역시 별다른 손을 쓸수가 없었다.

「뭐, 어떻게든 되겠지.」

「암암. 우리 주군이 어련히 알아서 하시겠나?」

「푸하하하하!」

소호 금천은 끙, 하고 앓았다.

"하여간 저렇게 다들 천하태평이니 상제에게 이리저리 치이다가 허신으로 전락한 게지."

「너무 그렇게 인상 쓰지 말게. 안 그래도 못생긴 얼굴, 주름져.」

"내 얼굴은 내가 알아서 할 것이니 좀 닥치게!"

지호는 옥신각신하기 바쁜 소호 금천과 허신들을 보면서 가볍게 웃음을 터뜨렸다. 이 사람들이 없었다면 저승으로 오는 길이 너무 쓸쓸하지 않았을까.

'그런데 왜 이렇게 안 오지?'

지호는 문득 고개를 들어 다른 쪽을 응시했다.

주변을 탐색하겠다고 떠났던 이예와 홍해아에게서 아직 아무런 소식이 없었다.

마침 하늘에서 이예가 뚝 떨어졌다.

그런데 이예의 표정이 좋질 않았다.

"무슨 일 있어?"

"아무래도 같이 가 봐야 할 것 같다."

　　　　　*　　　*　　　*

　지호와 소호 금천이 이예를 따라 간 곳은 어느 마을이었
다.

　푸른 하늘과 붉은 하늘이 맞닿아 있는 곳에 위치한 신기
한 마을. 중앙 광장에 커다란 나무를 중심으로 조막만 한
집들이 따닥따닥 붙어 있어서 멀리서 보면 꼭 장난감처럼
보였다.

　홍해아는 마을 입구에서 한숨을 내쉬며 뒷머리를 벅벅
긁어 대고 있었다. 난감한 기색이 역력했다.

　"무슨 일이야?"

　"뱃사공들이 모두 사라졌어."

　그제야 사태의 심각성을 깨달은 지호의 표정도 딱딱하게
굳었다.

　마을 안쪽으로 감각을 확장시켰다.

　하지만 안쪽에서는 아무런 인기척도 느껴지지 않았다.

　마치 오랫동안 아무도 살지 않았던 듯, 을씨년스러운 분
위기만 풍겼다.

　지호는 예지안을 열어 마을에 남은 사념을 좇았다.

　화아아악!

"마을을…… 비우라굽쇼?"

"그게 무슨 소리십니까! 뱃사공인 저희들더러 삼
도천을 떠나라니요!"

"이곳은 수미산이 분리되기 전부터 있던 곳입니
다. 염라왕께서도, 지장불께서도 저희들을 이리 홀
대하신 적은 없었습니다!"

"뱃사공이 자리를 비우면, 앞으로 삼도천을 건너
야 할 영혼들은요? 저승으로 가야 하는 죽은 영혼들
을 누가 안내한단 말씀이십니까?"

곳곳에서 터져 나오는 반발. 항의.

대대로 삼도천의 뱃사공으로 살아왔던 난쟁이 노인들은
고개를 절레절레 흔들었다. 하지만 소개(疏開) 명령을 내린
자는 압도적인 힘으로 시위를 찍어 눌렀다.

"아아아아아악!"

"도, 도, 도망쳐!"

"너무하십니다, 정말 너무하십니다! 어찌 저승에
서의 혼란을 저희들에게도 강제로 씌우려 한단 말입
니까!"

지호는 혼비백산이 되어 달아나는 뱃사공들의 머리 위에 있는 자를 놓치지 않았다.

중앙 광장의 나무에 우뚝 올라서서 오만하게 내려다보는 남자. 저승의 하늘을 닮은 적갈색의 머리칼이 인상적인 이였다.

"⋯⋯초강왕."

명부시왕 중 두 번째에 해당하는 자.

삼도천에 자리를 잡고, 이를 건너려는 영혼들의 죄질을 판단해 거기에 맞는 판결을 내린다던가.

놈이 지호 일행을 훼방 놓기 위해 미리 손을 쓴 것이다.

불과 며칠 전에.

"초강? 그자가, 왜?"

소호 금천이 놀라 묻는다.

지호는 예지안을 거두며 뻐근해진 눈덩이를 손가락으로 매만졌다.

확실히 이승이 아니다 보니 사념을 읽는 것만 해도 상당히 피곤했다. 제대로 된 저승의 영역으로 넘어가면 얼마나 더 힘들어질까.

그런 생각을 속으로 삭이면서 대답했다.

"아무래도 삼도천을 제대로 건너지 못하게 하기 위해서 수작을 부린 것 같습니다."

"이런!"

삼도천은 오롯이 초강왕의 영역.

만약 지호 일행이 건너려는 것을 막고자 한다면 상당한 피해를 입을 수밖에 없었다.

문제는 일행이 뱃사공을 필요로 한다는 점이었다.

현의옹과 탈의파.

이들은 영혼이 삼도천을 건너기 전에 옷을 벗겨 마을 중앙에 있는 나무, 의령수에 걸어 죄질의 무게를 판단하고, 배로 직접 영혼들을 삼도천 너머로 싣는다고 한다.

삼도천의 영역은 너무나 넓고 큰 바.

당연히 길을 잃기 십상이다. 이곳은 법칙도 거스르기 때문에 예지안으로 길을 특정할 수도 없고, 덕분에 축지로 건널 수도 없었다. 특히 삼도천의 강물은 자칫 신의 영혼도 녹일 수 있다고 할 정도로 위험했다.

'정말 수보리의 묵시대로 되는 걸까?'

지호는 수보리가 홀로 삼도천을 건널 것이라고 예견했던 것을 떠올랐다.

'하지만 그렇기엔 이미 우리 쪽 숫자도 많아졌어.'

문제는 이쪽의 머릿수도 많아져 묵시가 틀리지 않았을까 하고 여겼었는데.

왠지 모르게 불안감이 들었다.

"다른 곳은?"

"똑같다."

이예는 고개를 저으면서 말을 이었다.

"삼도천을 따라 이어진 마을 삼백여 곳, 모두 뒤지고 오는 길이다. 사람은 코빼기도 찾아볼 수가 없었어."

홍해아가 고개를 끄덕이면서 설명을 덧붙였다.

"거기다 나루터도 모두 부서진 상태였어. 배도 전부 침몰시켰고. 망자들이 몰리면 어떻게 하려고, 대체……!"

"뱃사공도 없고, 배도 없다면. 이를 어떡한다?"

소호 금천 역시 표정이 심각하게 굳는 그때, 이예가 뭔가를 떠올린 듯 지호를 돌아봤다.

"그러고 보니 예전에 태상노군이 만들어 준 배가 있지 않았나?"

"그건 천계에 두고 왔지."

"하지만 만들 수는 있지 않나?"

"배를 만든다……?"

지호는 나쁘지 않다는 생각에 턱을 괴고 잠깐 고민에 잠겼다.

하지만 태상노군은 천계에서도 알아주는 장인.

한 번 봤다고 해서 그의 공정(工程)을 따라할 수 있을까?

길잡이야 삼장의 사리가 대신하면 된다지만, 배를 제작

한다는 건 절대 쉬운 일이 아니었다. 천계에서 봤을 때도 상당한 노고가 들어갔었으니까.

"그건 일단 고려해 보자. 그래도 혹시 손을 대지 않은 배가 남아 있을 수도 있으니 조금만 더 찾아보고⋯⋯."

지호가 말을 하던 그때,

「살려⋯⋯ 주시⋯⋯ 오.」

지호의 머릿속으로 새로운 사념이 박혔다.

"아직 남아 있는 사람이 있어!"

"그게 무슨 소리⋯⋯!"

소호 금천이 말을 마치기도 전에 지호가 사념이 울린 쪽으로 축지를 밟았다.

팟!

삼도천 가장 남쪽에 위치한 마을, 뒤편에 놓인 산자락.

지호는 낙석 더미가 깔린 곳을 찾았다. 의념을 집중하니 역시나 희미하지만 사념이 울렸다.

「누구⋯⋯ 없⋯⋯ 소?」

뒤따라 온 일행들도 목소리를 듣고 화들짝 놀랐다.

"모두 물러서세요."

지호가 즉각 손을 활짝 펼치자, 일행은 일제히 지호에게서 떨어졌다.

쾅!

지호가 손을 아래로 내려치니 벼락이 떨어지는 소리와 함께 낙석 더미가 그대로 부서졌다. 아래에는 난쟁이 노인이 피투성이가 된 몰골로 깔려 있었다.

뱃사공, 현의옹이었다.

이예는 직접 안쪽으로 뛰어들어 현의옹을 구출하고 평평한 땅에 조심스럽게 내려놓았다.

현의옹은 금방이라도 숨이 끊어질 것처럼 기식이 엄엄했다.

"내가 해 볼게. 사부님한테서 의술을 따로 배운 적이 있어."

홍해아는 소매를 걷어붙이고 현의옹의 왼쪽 가슴 위에 손을 얹었다.

맥박이 금방이라도 끊어질 것처럼 희미했다.

우우웅!

홍해아는 손바닥을 밖으로 하고 다섯 손가락을 나란히 편 시무외(施無畏)의 인(印)을 맺어 약사불의 힘을 끌어냈다. 관세음의 33가지 인격 중 중생의 질병을 구제한다는 힘을 자랑하는 것이었다.

현의옹의 몸뚱이 위로 우윳빛 섬광이 잔뜩 올라와 빠른 속도로 상처를 아물게 했다. 새파랬던 안색도 조금씩 돌아와 호흡이 한결 편해졌다.

"후우우……."

홍해아는 짙은 숨을 내쉬며 현의옹에게서 떨어졌다. 그 역시 저승의 법칙 때문인지 상당히 피곤한 기색이었다.

"일단 급한 불은 껐지만, 확실하게 대답은 못 내리겠어. 부상이 너무 커."

"수고했다."

소호 금천이 홍해아의 어깨를 두들기는 동안, 현의옹의 눈꺼풀이 파르르 떨렸다.

"여긴……?"

"정신이 드십니까?"

지호가 조심스레 말을 건넸다.

현의옹은 초점이 잘 잡히지 않는 듯 눈살을 몇 번이고 찌푸렸다 뜨길 반복한 후에야, 겨우 앞을 볼 수 있었다. 그리고 지호와 눈이 마주치는 순간 갑자기 사색이 되었다.

"히, 히이이이이익! 저, 저리 가아아아아!"

이예가 재빨리 발악하는 현의옹을 붙잡았다.

하지만 현의옹을 사로잡은 공포는 사라지지 않았다.

"저, 저, 저리 가란 말이야아아아아! 오지 마! 오지 말라고! 제발! 제바아아아알!"

순간, 현의옹에게서 짙은 사념이 풍겼다.

"너는 여기에 남겨 주마. 이 얼굴을 똑똑히 기억
해라. 그리고 놈을 만나거든 전해라."

지호는 사념을 읽고 안색이 딱딱하게 굳었다.
이 현의웅은 초강왕이 고의로 남겨 둔 자였다.
지호에게 메시지를 남기기 위해서.

"만약에 삼도천을 건너려 한다면, 너의 가족들이
며 친지들, 동료들까지 모두 죽을 것이라고. 뱃사공
들의 머리가 전부 의령수에 내걸릴 것이라고 말이
다."

"……!"
초강왕이 싸늘하게 웃고 있었다.

*   *   *

초강왕은 파안대소를 터뜨렸다.
"하하하하핫! 놈들이, 드디어 도착했다고?"
"예. 그렇습니다."
보고를 올렸던 일직사자가 허리를 굽히며 말을 이었다.

"아마 지금쯤 대왕께서 남기신 전언을 받았을 것이라 사료되옵니다."

"전언이라. 훗! 그래. 그것도 전언이라면 전언이지."

초강왕이 스산하게 웃었다.

"놈들이 어찌할 것이라 보는가?"

"제천대성은 본디 경우가 없어 보여도 적이 아닌 이들에 대한 살생은 극도로 꺼려했던 자이옵니다. 이번 대(代)의 제천대성, 아니, 천마 역시 다를 바가 없지 않겠습니까?"

"그렇겠지."

"허나, 최근 천마가 보인 행적들을 보면 자신 외에는 무관심한 것 같기도 하니, 양쪽 다 가능성의 무게를 실어야 하옵니다. 하지만."

일직사자는 고개를 숙인 상태로 살짝 미소를 지었다. 스산한 기운이 감돌았다.

"어느 쪽이 되었든 우리로서는 상관이 없을 것이옵니다."

초강왕의 미소도 짙어졌다.

"준비는, 잘되어 가고 있겠지?"

"당연한 말씀이시옵니다."

지호 일행이 인질을 무시하고 삼도천을 건너려 한다면 현의옹과 탈의파의 목을 그냥 베어 버리면 그만이다. 그럼 저승 내 그들에 대한 악의가 짙어질 테니까.

삼도천이 아닌 다른 방법을 찾으려 한다면 그것 또한 좋다. 그냥 다른 자들에게 떠넘기면 그만이니까.

'하지만 삼도천을 건너는 것 외에 이승의 것들이 저승으로 갈 수 있는 방법은 없지. 여와가 허락지 않을 테니까.'

무엇보다 삼도천은 초강왕의 영역.

초강왕이 지닌 신위가 '삼도천', 그 자체일 정도로 그의 권능은 삼도천에서 막강한 힘을 자랑한다.

"자, 이제 어찌할 테냐. 천마여. 그리도 거창한 이름을 지녔다면 뭔가 해내야 하지 않겠느냐?"

초강왕은 염라왕의 부재 이후 처음으로 권태로웠던 생활에 활력을 불어넣을 수 있겠다는 생각에 기분이 좋아졌다.

"그대는 곧장 아래로 내려가서 연회를 베풀 준비를 하라."

입가에 흐뭇한 미소가 번졌다.

"곧 찾아올 손님들을 위해."

*　　　*　　　*

현의웅은 몇 번을 더 발작을 하다 그대로 졸도했다.

숨을 더 이상 쉬지 않았다. 초강왕이 남긴 사념 때문에 영혼이 찢겨진 것이다.

"제길……!"

홍해아는 주먹을 꽉 쥐었다. 어떻게든 살리고자 했는데 뜻대로 되지 않았으니.

소호 금천은 고개를 절레절레 흔들었다.

"저승으로 가는 길이 험난할 것이라 예상은 했네만 이 정도일 줄이야. 초강왕이라!"

이예가 그에게 물었다.

"초강왕이란 자는 어떤 사람이오?"

"초강 말인가? 글쎄. 뭐라고 해야 하려나."

이예는 수미산이 갈라져 이승과 저승이 분리된 뒤로 상 장군을 역임했었다. 명부시왕과는 이렇다 할 접점이 크게 없었다.

소호 금천은 턱을 짚으며 예전 일을 떠올렸다.

"노는 걸 아주 좋아했다네. 언제나 술과 고기를 옆에 끼고, 미녀라면 사족을 못 썼지. 어디 싸움이 났다고 하면 가장 먼저 달려가서 구경하기도 하고. 때문에 언제나 녀석의 주변은 연회가 끊이질 않았어."

영 탐탁지 않은 말투였다.

"삼도천을 차지한 것도 그러한 맥락에서였지. 여전히 미련을 못 버린 망자들이 위태롭게 삼도천을 건너는 것을 구경하기 위해서였다네."

"죽은 사람들의 넋을? 쓰레기군요."

"후후후후. 그렇게 말해도 할 말은 없겠지. 허나, 내가 알기로 성정은 그래도 자신에게 주어진 일은 줄곧 잘 맡아 하던 아이이기도 했다네."

소호 금천의 눈가에 씁쓸함이 감돌았다.

"물론 그때의 녀석과 지금은 많이 달라졌겠지만……."

그러다 고개를 털며 지호를 바라봤다.

"여하튼 초강왕의 노림수가 무엇이 되었건 간에 인질이 잡혔다면 쉽게 움직이기가 어렵지 않겠나? 어찌하겠나? 다른 방법을 찾을 생각인가?"

지호의 두 눈이 깊게 가라앉았다.

'또 묵시대로야.'

—그런 그대를 건너지 못하도록 하기 위해 수많은 망량과 사자(使者)들이 주변으로 모여 풍랑을 일으키지만, 모두 여의봉에 갈가리 찢겨 나갔었도다. 그러다 초강왕까지 같이 봉신이 되고 말았다.

홀로 삼도천을 건널 것이란 말과 함께 부처 일파가 덧붙였던 묵시.

만약 저 말대로 된다면 자신은 원래 처음부터 초강왕과 부딪칠 운명이었단 뜻이 된다.

'이대로 놈과 부딪쳐야 하나? 하지만 어떻게?'

원래 지호는 묵시를 최대한 피해 가고자 했다.

정해진 운명이 있다는 것.

그것만큼 지호가 거북하게 느끼는 것도 없었으니까.

하지만 그것도 혼자 있을 때나 할 수 있는 생각이다.

수많은 현의옹과 탈의파의 목숨이 걸린 지금. 함부로 삼도천을 건너려 했다가는 아무런 관련도 없던 그들을 희생시킬 수가 있었다.

하지만 삼도천을 건너지 않을 수도 없다.

'어떻게 하면 좋지?'

묵시에 이어 사로잡힌 인질들까지.

초강왕과 부딪치는 건 어쩔 수 없다 치더라도, 여기서 이어지는 연결 고리와 매듭을 어떻게 풀어야 할지 머리가 아팠다.

'잠깐.'

어느 순간, 지호는 갑자기 의문이 들었다.

'어렵게 생각할 필요 없잖아? 묵시가 있다면 역으로 이용하면 되지 않나?'

묵시는 그저 단편적인 장면만을 이야기할 뿐이니.

순간 머리가 개운해졌다.

피식!

자기도 모르게 절로 웃음이 새어 나왔다.

소호 금천 등이 왜 그러나 싶어 지호 쪽을 바라봤다.

지호가 말했다.

"이 근처에 나무가 있으면 있는 대로 전부 모아 주세요."

"자네……?"

소호 금천이 눈을 동그랗게 뜨면서 물었다.

나무를 모은다는 건 배를 만들겠단 뜻이 아닌가.

인질들을 이대로 희생시킬 거냐는 말.

"걱정 마세요. 무작정 희생시킬 생각은 없습니다."

"그럼?"

"좋은 생각이 났습니다."

"흠, 무슨 생각인지는 모르겠네만. 좋은 계획이 있다면
따르겠네."

곧 일행은 사방으로 흩어졌다.

*   *   *

목재를 모으는 건 생각보다 쉽지 않았다.

"저승에서 전쟁이 길어졌다더니. 여기 있는 물자까지 싹

증발해 버린 건가?"

이예는 민둥산이 되어 버린 산자락을 보면서 인상을 찌푸렸다.

기껏 나 있는 것이라고는 장작으로도 쓸 수 있을까 싶을 정도로 작은 것들 뿐.

어떻게 구한다고 하더라도,

"이건 안 돼."

"어째서! 이것도 겨우 구한 거란 말이다!"

"배를 만들기에 적합하지 않아."

"젠장!"

지호는 나무를 선별하는 데 있어 아주 까다롭게 굴었다.

"작은 배를 하나 만드는 데도 많은 공정을 필요로 해. 그런데 삼도천이면 오죽할까."

결국 첫 번째 관문부터 어려운 것이다.

하지만 나무가 아예 없는 건 아니었다.

"이거면 가장 좋긴 한데."

지호는 뱃사공 마을의 중심부에 있는 의령수를 손으로 두어 번 두들겼다.

아주 크고, 단단하다.

무엇보다 삼도천의 물을 머금고 자라다 보니 삼도천과 가장 성질이 잘 맞았다.

이승으로 갖고 갈 수 있다면 보패의 재질로도 손색이 없을 듯했다.

"흠, 그걸 목재로 쓴다면 튼튼하긴 하겠군."

"써도 될까요?"

의령수는 단순한 장식품이 아니었다.

뱃사공들의 마을을 삼도천의 해로운 바람으로부터 지켜 주는 성스러운 나무였다.

"마음대로 하시게. 뱃사공들도 전부 인질로 잡힌 마당에 안 될 건 뭐가 있겠나. 나중에 저승이 진정되거든, 세계수에서 가지 떼어다가 접목시키면 되지 않나?"

지호의 눈이 커졌다. 세계수?

"이게 세계수의 나뭇가지였습니까?"

"몰랐나? 허허허허. 여와가 이승과 저승의 경계선을 확실하게 구분 짓기 위해 과거에 내려 준 것이라네."

"그럼 사양치 않고."

지호는 눈을 반짝이며 손날을 세워 비스듬하게 그었다.

쿠쿠쿠쿠!

의령수가 비스듬하게 잘리면서 옆으로 기울어져 자욱한 먼지를 냈다.

지호는 태상노군의 공정 작업을 되짚어 가면서 작업을 시작했다.

일은 빠르게 진행되었다.

같이 옆에서 구경했던 이예가 작업을 돕고, 홍해아와 소호 금천이 필요한 물자를 보급했다. 각 마을에서 의령수가 베어져 나날이 실려 왔다.

결국 사흘 만에 배를 하나 완성시킬 수 있었다.

태상노군이 만들었던 것에 비할 바는 아니었지만, 제법 튼튼한 내구도를 자랑했다. 시험 삼아 삼도천에 띄웠을 때에도 아무렇지 않았다.

일행은 배에 올라타 항해를 시작했다.

소호 금천과 이예가 각각 좌우에서 노를 잡고, 홍해아가 뒤에서 파초선으로 바람을 일으켜 속도를 더했다.

지호는 보주를 꺼내 높이 들었다.

삼도천의 뜨거운 수증기가 안개를 자욱하게 만들어 방향을 잃게 만들었다. 하지만 보주에서 새어 나온 빛이 안개를 뚫고 긴 선을 그렸다.

파아아! 파아아!

배는 거침없이 직진을 거듭했다.

이대로 49일을 보낸다면 맞은편 육지, 저승에 무사히 도착할 수 있으리라.

하지만 항해는 쉽지 않았다.

어느 정도 배가 삼도천의 깊숙한 곳에 다다랐을 때쯤, 갑자기 거친 풍랑이 일기 시작했다.

집채만 한 파도가 쉴 새 없이 넘실거리고, 하늘에서는 비바람이 몰아쳤다.

초자연적인 의지가 확실하게 느껴졌다.

"우리를 완전히 삼도천 밑바닥에다 처박으려고 작정을 하는구만. 이보게, 이예! 돛 좀 제대로 잡아 봐! 물이 자꾸 안으로 들어오지 않나!"

"그렇게 말처럼 쉽게 될 것 같소?"

이예는 인상을 팍 찡그리면서 돛의 줄을 세게 잡아당겼다.

하지만 바람이 너무 거센 나머지 돛이 금방이라도 찢어질 것처럼 팽팽하게 부풀었다. 돛대는 이미 활처럼 옆으로 휘고 있었다.

"빌어먹을. 겁풍이 잘 안 통할 줄이야."

홍해아는 땀을 뚝뚝 흘리면서 거칠게 숨을 몰아쉬었다. 파초선을 들고 있는 손목이 파르르 떨렸다.

삼도천에 이는 바람을 어떻게든 털어 내려고 겁풍을 계속 일으켰지만, 어느 정도 상쇄만 가능할 뿐 완전히 뒤엎는 건 무리였다.

아직까지 원주인인 우마왕에 비할 바가 아니었기 때문이었다.

더군다나 물길도 제대로 흐르지 않아 아까 전부터 계속 제자리만 뱅뱅 돌았다. 보주의 빛이 한 곳을 지정하지 못하고 자꾸 원을 그렸다.

그뿐만이 아니었다.

쿵! 쿵! 쿵!

갑자기 용골 아래쪽에서 뭔가가 세게 부딪치는 소리가 들렸다.

이예는 뭔가 소름 끼치는 느낌에 배 위의 난간에 올라서서 수면 아래쪽을 내려다봤다가 이를 갈았다.

"제길! 놈들이 배에 구멍을 내려 하고 있어!"

족히 수백 명은 될 법한 무사들이 저마다 입에 뭔가를 문 채, 배에 구멍을 내려 손에 창을 들고 있었다.

삼도천과 같은 독수(毒水)에서 잠수를 한다는 것은 미친 짓이나 다름없다.

하지만 초강왕의 권속이라면 다르다.

삼모귀왕, 혈호귀왕, 다악귀왕.

3귀왕이라고 해서, 이들은 초강왕의 권능이 깃든 피독주와 피수주를 입에 물고 맹활약을 펼친다. 특히 이들을 따르는 수군 귀왕대는 저승 내에서도 악명이 자자한 바.

귀왕대는 자신들이 갖고 있는 이점을 확실히 파악한 채로 배를 난파시키기 위해 공격을 시도했다.

몇몇은 쇠 그물을 수면 밖으로 던져 배 위에 있는 사람들을 끄집어낼 시도까지 했다.

퍼버버버버벙!

그럴 때마다 이예가 소증을 쏴서 쇠 그물을 부쉈다. 일부는 삼도천에 처박혀 아래에 있는 놈들을 노렸지만, 귀왕대는 마치 물고기처럼 잘도 피했다.

이대로 있다가는 배가 바로 뒤집힐 수 있는 상황.

그들은 이미 초강왕의 손아귀에 든 것이나 마찬가지였다.

하지만 다급해하는 일행과 다르게 지호는 태연했다.

마치 뭔가를 본 듯, 허공을 응시하다 입을 열었다.

「지금부터 모두 제 말을 들어 주십시오.」

지호는 다시 묵시를 떠올렸다.

삼도천 위에 혼자가 되는 자신.

그리고,

'봉신되는 초강왕.'

이 두 사실만 이용한다면 얼마든지 쉽게 삼도천을 건널 수 있었다.

심어가 일행의 머릿속에서 울렸다.

「어쩌면 우리는 패배할지도 모릅니다.」

'……?'

'……?'

'……!'

대체 이게 무슨 말인가!

이긴다고 해도 모자랄 판국에 패배라니.

세 명이 동시에 고개를 휙 돌리면서 경악에 찬 시선을 보냈다.

「이곳은 초강왕의 영역이니까요. 적의 아가리 속에 들어왔으니 힘든 것도 당연합니다.」

하지만 지호의 웃음은 사라지지 않았다.

「그래도 걱정하지 않으셔도 됩니다. 제가 홀로 남게 되는 것은 원래 '있게 될' 일이니. 아마 한 번쯤 흩어지는 건 어쩔 수 없는 듯합니다. 하지만 초강왕이 봉신된다는 것도 '있게 될' 일이 확실합니다.」

결과는 이미 내정되어 있다.

그렇다면?

「그러니 만약 흩어지게 된다면 다시 모이도록 하죠. 가능하다면 다시 배에서. 안 된다면 초강왕의 궁궐에서. 그것도 안 된다면 흑승에서. 살기만 하면 됩니다.」

피식.

소호 금천의 입가에서 웃음이 번졌다.

「어차피 결과가 내정되어 있으니 거기에 맞추자고? 그런 건 처음 보는군. 하지만.」

뭐라 뒷말을 하려는데, 갑자기 이예가 돛 줄을 놓더니 싸늘하게 웃으며 난간 위에 발을 얹었다.

"그 말은, 뒤를 돌아볼 필요 없이 마음껏 싸워도 된단 뜻이겠지?"

쾅!

이예는 배를 힘차게 박차며 허공으로 날았다. 동시에 어깨에서 동궁을 풀어 시위를 아래로 겨누었다.

여태 두려웠던 건 삼도천에 고립되면 어떻게 빠져나갈 방법이 없다는 점이었다. 신의 영혼도 녹이는 독수에 영원히 빠져나가지도 못하고 표류해 다닌다면 결국 '죽을' 수밖에 없으니.

'하지만 초강왕이 잡힌다는 건 어떻게든 삼도천에서 무사히 빠져나간다는 뜻!'

그게 사실이라면 두려워할 건 아무것도 없지.

투우우우웅—!

활대가 부러져라 구부려지고,

콰콰콰콰콰콰콰!

화살이 쏘아지면서 수백 수천 갈래로 나뉘어 무작위로 수면에 쏟아졌다.

이에 질세라 소호 금천과 홍해아도 각각 손에 청구검과

파초선을 든 채로 삼도천에 뛰어 들었다.

*　　*　　*

쾅! 쾅! 쾅!
「뭣들 하는 거냐! 이런 게으른 놈들 같으니라고. 어떻게
저런 배 하나 잡지 못하는 거냐!」
　삼목귀왕은 배에 구멍을 내기 위해 계속 공격을 시도하
는 귀왕대를 보면서 버럭 소리를 질렀다.

　　　"곧 연회가 있을 것이니, 넌 어서 정중히 손님을
　　　모셔 오거라. 최대한 '정중' 하게."

　주군 초강왕이 하셨던 말씀은 감히 허락도 없이 주군의
영역을 침범한 무뢰배들을 추포하여 오란 뜻이었다.
　삼목귀왕은 자신만만했다.
　듣자 하니 놈들은 이미 부처들과 싸워서 이길 정도로 강
한 전력을 자랑한다던가.
　'그런데 뭐? 어쩌라고?'
　하지만 그로서는 코웃음만 나올 뿐이었다.
　그것은 어디까지나 이승에서의 이야기지, 여기는 엄연히

저승.

제아무리 천계에서 날고 긴다는 옥황상제가 오더라도 제
힘을 낼 수가 없는 곳이 저승이었다.

하물며 주군의 신위에 기댄 지금은 두말할 것도 없었다.

그리고 승리하는 데 있어 가장 쉬운 방법이 배에 구멍을
뚫는 것이었다.

배가 난파된다면 놈들은 꼼짝없이 삼도천에 빠지고 만
다. 처음 몇 시간이야 어떻게 버틸 수 있을지라도, 길을 알
수 없는 독수에 계속 표류하다 보면 몸도 마음도 지치다 결
국 죽어 버린다.

그것이 삼도천의 가장 무서운 문제점이다.

독성도 독성이지만, 신들도 길을 잃을 수밖에 없는 곳이
라는 점이.

그렇기에 배를 부숴 놈들이 표류하게 만든다면 당연히
승리할 수밖에 없었다.

어차피 이쪽이야 시간이 넘쳐흘렀으니까.

그런데 여태 몇 번을 공격했는데도 불구하고 배는 자잘
한 상처만 가해졌을 뿐, 비교적 멀쩡했다.

물론 놈들의 저항이 예상보다 훨씬 끈질긴 탓도 있었지
만, 이건 배의 목재가 단단하다는 이유가 가장 큰 것 같았
다.

대체 저 배는 뭐로 만든 것일까?

분명 삼도천 부근에 나무란 나무는 싹 다 증발했을 텐데.

그러다 문득 삼목귀왕은 배의 재질이 어딘가 낯이 익다는 걸 깨달았다.

'설마…… 의령수?'

눈이 동그랗게 떠졌다.

'이것들이 뭘 알고 있던 건가!'

감히 신으로서 세계수의 가지를 다룬다는 건 생각지도 못할 불경(不敬)이라 아무도 그런 생각을 하지 못했었는데.

삼목귀왕은 의견을 구하기 위해 다른 귀왕들에게 심어를 날렸다.

「저 재질, 의령수, 맞지?」

「그래. 아무래도 맞는 것 같다. 방금 전 나도 같은 생각을 했으니까. 게다가 제작 공정 역시 그냥 어설픈 재주로 만든 게 아닌 듯하다. 놈들 중에 태상노군의 제자라도 있나? 하지만 그런 말은 못 들었는데?」

「골치 아프군. 대체 어떡한다?」

원래 의령수는 희귀한 만큼 명부시왕이나 지장 같은 이들에게만 허락되는 목재였다.

단단하기는 물론이거니와 다루기도 여간 어려운 것이 아니었기 때문이다. 공정 작업에는 수많은 손길이 들어가고,

한 치에 흐트러짐도 있어서는 안 된다.

그런데 놈들은 보란 듯이 해냈다.

정말 혈호귀왕의 의심처럼 태상노군이 지혜를 빌려주기라도 한 것인지.

다악귀왕이 미간을 좁히다 말했다.

「어쩔 수 없지. 부서질 때까지 계속 두들기든가, 아니면 우리가 다 같이 나서든가.」

「흠, 그건 별로 마음에 안 드는데.」

「동감이다.」

삼목귀왕과 혈호귀왕이 콧방귀를 꼈다.

아무리 같은 귀왕대에 속해 있다지만, 그들 세 귀왕 사이에는 묘한 긴장감이 흘렀다.

자신이 공을 세워야 한다는 긴장감.

그렇기에 세 귀왕은 절대 협력하지 않았다.

삼목귀왕이 배를 두들기고, 혈호귀왕이 쇠 그물을 던지거나 공격을 시도해 안에 탄 놈들을 끄집어내려하며, 다악귀왕이 후방에서 원조를 취하는 형태를 하는 이유도 다르지 않았다.

분야도 위치도 서로 달리하며 자신들의 공을 확실하게 챙기기 위해서였다.

그런데 협공이라니.

있을 수 없는 일이었다.

「그럼 계속 이대로 놔두지. 어차피 남는 게 시간이니까. 계속 두들기다 보면 아무리 의령수라도 언젠가는 부서지지 않겠나?」

다악귀왕도 그럴 줄 알았다는 듯 어깨를 으쓱거렸다.

그때 혈호귀왕이 마음에 안 드는 듯 인상을 잔뜩 찡그렸다.

「이런 또 끊어졌군. 안 되겠다, 이대로는. 배도 배지만, 놈들이 너무 팔팔하다. 힘을 전부 뺄 때까지는 무리한 공격은 삼가는 게 좋겠어.」

「그러지.」

삼목귀왕이 고개를 끄덕이면서 검지와 중지를 입에 넣었다.

휘파람을 불어 퇴각 명령을 내리기 위해서였다.

어차피 그들의 전략은 유격전. 치고 빠지기를 반복하며 힘이 빠지길 기다렸다가 단번에 덮치면 그만이었다.

휘이이……!

휘파람을 불려던 그때였다.

「뭘 하려는 거지?」

파아아아아아아앙!

「뭐지?」

나라카 201

안 그래도 시끄럽던 수면이 갑자기 깊게 눌린다 싶더니 배가 부서질 것처럼 크게 요동쳤다.

삼목귀왕이 놀라 휘파람을 불다 말고 수면 밖으로 시선을 던졌다.

수하들이 소리쳤다.

「이예가 하늘로 날았습니다!」

「이예가? 갑자기 왜……? 설마?」

삼목귀왕이 인상을 살짝 찡그렸을 무렵,

콰콰콰콰콰카콰콰!

하늘에서 빗발치는 무수히 많은 빛줄기가 수면을 있는 대로 두들겼다.

덕분에 풍랑은 더 거세졌고, 일정한 규칙을 따라 움직이던 귀왕대가 난잡하게 얽혔다.

「해류가 흔들리고 있습니다!」

「균형 잡기가 힘들…… 아아아악!」

「뭐하는 거야! 여기 부딪치지 말라고!」

「나라고 그러고 싶어서 그러는 게 아니다!」

「뭐가 이렇게 많아!」

미처 균형을 잡지 못한 귀왕대원 몇몇이 물살을 뚫고 들어온 화살에 부딪쳐 그대로 터져 나갔다.

「제길! 뭘 알고 저러는 건가?」

사실 귀왕대가 삼도천에서도 빠른 움직임을 자랑하는 것
은 수영 실력이 뛰어난 탓도 있지만, 물살을 탈 줄 알기 때
문이었다.

  삼도천의 해류를 움직이는 초강왕의 의지에 접속해서 더
빠르고 자유롭게 다니는 것이다.

  하지만 이렇게 마구잡이로 해류를 뒤흔들어 놓는다면 귀
왕대도 어지러워질 수밖에 없었다.

「전원, 산개하라!」

  삼목귀왕은 일단 이곳 수역에서 벗어날 생각이었다.

  방금 전에 다른 귀왕들과 합의한 대로 일단 물러났다가
나중에 재공격을 시도하면 되었다. 그때는 놈들의 공격 방
식도 알아 뒀으니 다른 공략법을 찾을 수 있으리라.

  하지만,

  촤아아아악! 촤아아아아악!

  삼목귀왕의 명령에 따라 퇴각을 하려던 귀왕대 일부가
뭔가에 부딪쳐 휩쓸려 나갔다.

  시뻘건 핏물이 물감처럼 퍼졌다.

  그야말로 어?, 하고 찰나에 벌어진 일.

  그뿐만이 아니었다.

  쿠쿠쿠쿠쿠쿠쿠!

  이번에는 반대 방향에서 다른 충격이 물밀 듯이 들어오

더니 귀왕대를 대거 쓸었다.

부서진 사지며 머리통이 난잡하게 얽힌 해류에 아무렇게나 둥둥 떠다녔다.

「무, 무, 뭐야, 이게!」

삼목귀왕은 도저히 믿기지 않는 일에 잔뜩 굳었다.

「소호 금천과 홍해아가 물속에 뛰어들었습니다!」

「놈들이 대원들을 죽이고 있습니다!」

삼목귀왕은 그제야 발견할 수 있었다.

소호 금천과 홍해아가 물살을 헤집으면서 마구잡이로 날뛰고 있었다.

피독주나 피수주를 입에 물지도 않은 상태로!

「이런 미친놈들이! 저대로 배가 난파되어도 상관없다는 거냐!」

싸움이 거칠어지면 거칠어질수록 배에 가중되는 피해는 커지고 만다. 그러니 자연스레 배에 탄 이들은 저항이 소극적일 수밖에 없는 것인데.

이렇게 날뛴다고?

도저히 있을 수가 없는 일이었다.

하지만 귀왕대가 놀라거나 말거나 둘의 공격은 도저히 그칠 생각을 하지 않았다.

소호 금천이 검을 휘두를 때마다 삼도천이 대거 증발할

만큼 뜨거운 태양의 불길이 일어나 귀왕대를 쓸어내고, 홍해아가 파초선을 흔들어 젖힐 때마다 해류가 뒤엉키면서 귀왕대는 볼썽사납게 이리저리 뒹굴거리다 죽고 말았다.

거기다 저 하늘에서는 이예가 있는 대로 화살을 퍼부어대며 엄호까지 하고 있으니!

「이것들아! 저항하지 말고 도망치란 말이다! 너희들이 어떻게 할 수 있는 자들이 아니라고!」

삼목귀왕은 목에 핏대가 서라 수하들을 종용했지만,

「모, 몸을 마음대로 가눌 수가 없습니다!」

「도와주십시오, 대장님!」

「크아아아아악!」

결국 삼목귀왕은 삼지창을 꽉 쥐었다.

이젠 더 이상 공을 독차지하니 뭐니 쓸데없는 자존심을 부릴 겨를이 없었다.

「혈호! 다악!」

「제길! 어쩔 수 없지!」

「방해가 되니 비켜라, 이놈들아!」

후미에 있던 세 귀왕이 물살을 박차며 쏜살처럼 소호 금천과 홍해아 쪽으로 달려들었다.

그들더러 가까이 오지 말라는 듯 태양의 불길이 쏟아졌다.

휘리리릭, 착!

삼목귀왕은 삼지창을 크게 회전시켰다가 바로잡으면서 안쪽으로 끌어 당겼다. 그러자 순식간에 해류가 창 쪽으로 빨려 들어가면서 어마어마한 와류를 그렸다.

그리고 세게 밖으로 민다. 안쪽으로 집중되었던 해류가 폭발하면서 태양의 불길을 뚫었다.

그의 장기, 마해포였다.

콰아아아아아아아앙!

태양의 불길이 부서져 흩어진다.

'됐다!'

삼목귀왕은 태양의 불길이 완벽하지 않다는 것을 알고 쾌재를 외쳤다.

확실히 이곳은 물속이니 불길이 제 위력을 낼 수가 없는 것이다!

세 귀왕은 단숨에 불길 사이를 통과, 소호 금천과 홍해아에게 맞닥뜨렸다.

「놈은 내가 맡지!」

채애애애애애앵!

삼목귀왕의 삼지창과 소호 금천의 청구검이 부딪치며 요란하게 울린다.

끼기기긱, 쇠와 쇠가 긁히면서 불꽃이 튀는 소리와 함께 청구검이 삼지창을 아래로 내려뜨리면서 단숨에 방향을 꺾어 삼목귀왕의 목젖을 찔러 왔다.

삼목귀왕은 아래로 쑥 꺼지며 청구검을 피했다가, 다시 한 번 마해포를 터뜨렸다.

펑! 펑! 퍼퍼퍼퍼펑!

이를 갈라내는 소호 금천의 검이 어지러워졌다.

홍해아 쪽도 혈호귀왕과 한창 맞붙는 중이었다.

파초선을 흔들어 댈 때마다 해류가 뒤엉키면서 혈호귀왕을 압박하지만, 혈호귀왕은 장기인 빠른 속도를 이용해 이를 모두 피해 내며 와락 달려들었다.

근접전에 자신이 있는지 호랑이처럼 다섯 손가락을 그어 댈 때마다 삼도천이 마구잡이로 찢겨 나갔다.

남은 귀왕인 다악귀왕은 수면으로 머리를 살짝 내밀면서 검결지를 하늘 쪽으로 가리켰다.

고오오오오!

그러자 삼도천이 흔들리면서 물기둥을 마구 쏘아 댔다. 이예는 그걸 일일이 피하느라 소호 금천과 홍해아를 엄호하는 게 힘들어졌다.

콰콰콰콰콰콰!

그렇게 세 귀왕이 지호 일행의 발목을 묶는 사이, 잠시 뒤로 빠졌던 귀왕대는 전열을 정비할 수 있었다.

「헉, 헉, 헉……!」

「정말이지 무서운 놈들이야.」

「그쪽 피해는?」

「삼 할.」

「우리는 사 할이 조금 못 되는군. 미친……! 단 한 번의 충돌로 이만큼 피해를 입는다고? 말도 안 돼!」

언제나 삼도천에서 승리만을 구가했던 그들로서는 충격을 받을 수밖에 없었다.

몇몇은 세 귀왕을 돕자는 의견도 내놓았지만,

「아니. 일단은 후퇴하자. 제아무리 세 귀왕이시라도 오래 시간을 끌지는 못하신다. 전열을 재정비하고, 이번에는 만반의 준비를 갖추고 돌아오자.」

상급자의 명에 따라 귀왕대들은 어쩔 수 없다는 듯 모두 고개를 끄덕이며 떠날 차비를 갖췄다.

그런데,

「흡……!」

「뭐지? 어째서?」

갑자기 그들의 몸이 뻣뻣하게 굳어 도무지 움직일 수가 없었다.

아니, 정확하게 그들을 둘러싼 해류도 정지되었다.

공간 자체가 단단히 결박된 느낌.

누군가 선술의 정체를 깨닫고 비명을 질렀다.

「우보!」

모든 귀왕대의 시선이 전장에 참가하지 않는 배 쪽에 단단히 고정되었다.

*　　　*　　　*

"일단 얼추 잡았고."

지호는 우보를 밟은 채 싸늘하게 웃었다.

이미 삼도천을 뒤흔들던 풍랑은 시간이 정지된 것처럼 단단히 묶여 있었다.

세 귀왕과 귀왕대들이 내뱉는 비명과 경악이 귓가에 왱왱 울리는 것 같았다.

―어, 어떻게 삼도천을……!

―아무리 우보라지만 어떻게! 분명 법칙이 다를 것인데!

―몸이 움직여지질 않아!

―젠장! 풀려! 풀리란 말이다!

당혹감으로 가득 찬 목소리들.

여태 지호가 싸움에 가담하지 않았던 이유는 다른 게 아니었다.

저승의 법칙이 이승의 법칙과 다르다고 하니 이를 일부 분석하는 데 몰두했고, 성공한 것이다. 물론 그렇다고 해서 신위를 완전히 사용할 수 있는 건 아니었지만, 이 정도로도 충분했다.

삼도천을 모두 구속할 필요는 없다.

일부만 붙잡는 걸로도 방해꾼들을 모두 처치할 수 있으니까.

두우우우우웅──!

두 번째 걸음을 내딛자 범종 소리와 함께 삼도천에 가중되는 압력이 더해진다.

셋, 넷, 다섯…… 걸음이 더해질수록 중력이 더더욱 거세지면서 수압도 덩달아 몇 배로 불어났다.

세 귀왕과 귀왕대가 일제히 비명을 질렀다.

그들의 육신이며 영혼이 마구잡이로 비틀렸다.

그 순간, 지호는 여의봉을 꺼내 몸을 거세게 비틀었다.

콰드드드드득!

그러자 우보로 결속된 공간이 엿가락처럼 늘어나거나 단층이 생기면서 삼도천의 물이 공간 바깥으로 떠밀려 났다.

덕분에 수면에서부터 해저까지, 세 귀왕과 귀왕대가 만천하에 드러났다.

다시 한 번 소리 없는 비명이 쏟아진다.

―이, 이런 말도 안 되는!
―아, 아, 안 돼에에에에에에!
―젠자아아아아아앙!

삼도천을 밀어내고 그들을 완전히 꺼내 버린다니!
　삼도천이 있으면 무적이지만, 없으면 그들은 아무것도
아니었다.
　지호는 그들에게로 여의봉을 내리쳤다.

　"내려라."

하늘에서 구멍이 숭숭 뚫리면서 공허가 열렸다.
그리고 쏟아지는 수많은 쇠사슬들.
촤르르르르륵!
　쇠사슬은 세 귀왕과 귀왕대들의 목을 칭칭 감았다. 그리
고 놈들의 등 위로 '봉(封)' 이라는 글자가 노예의 인장처럼
올라왔다.
　「꺽……! 꺼걱!」
　「이, 이럴 수는……!」

놈들이 뭐라고 지껄이건 간에, 모든 구속이 끝난 뒤에야 지호도 우보를 풀었다.

삼도천이 다시 빈 공간을 채우고, 거셌던 풍랑이 언제 그랬냐는 듯이 잠잠해졌다. 해저로 이동했던 소호 금천 등도 다시 갑판으로 돌아왔다.

"으음. 예나 지금이나 이곳의 물은 참으로 적응이 되질 않아. 이렇게 찝찝해서야."

소호 금천은 불꽃으로 삼도천의 물기를 털어 내면서도 영 찝찝한 듯 눈살을 좁혔다. 홍해아와 이예도 동감이라는 듯 고개를 끄덕였다.

"한데, 목걸이를 해 둔 건 뱃사공들과의 인질 교환을 염두에 둔 겐가?"

소호 금천은 입고 있던 옷을 팡팡 털어 내면서 쇠사슬에 묶여 아등바등하는 귀왕대를 바라봤다.

「놔! 놓으란 말이야!」

「풀어! 풀란 말이다아아아아!」

「이럴 것 같으면 제발 죽여 달라고오오오오!」

놈들의 저항은 끈질겼다.

어떻게든 완력으로 쇠사슬을 끊어 내려 하는가 하면, 그게 잘 통하지 않자 아예 이로 깨무는 경우도 있었다. 하지만 오랜 세월 마신도 가뒀던 신진철이 고작 그따위로 부서질 리 만무했다.

"예. 귀왕대라면 초강왕에게도 꽤 귀중한 전력일 테니 협상하는 데 꽤 도움이 될 것 같아서요."

"좋은 생각이야. 무작정 부수는 것만이 능사는 아니지."

소호 금천이 흡족하다는 듯 고개를 끄덕였다. 그러다 살짝 미간을 찌푸렸다.

"하지만 인질로 잡힌 것치고는 너무 저항이 심한데?"

귀왕대는 당장이라도 죽을 것처럼 안색이 창백했다. 손을 덜덜 떨면서 애처롭게 이쪽에다 비는 놈들도 있었다.

「제, 제발! 차라리 이럴 것 같으면 죽이든가 봉신시켜 줘! 제발 부탁이야!」

「그렇게 죽고 싶지 않아……!」

「아아아악! 아악!」

심지어 발작을 일으키는 놈들도 있을 정도였다.

인질로 잡힐 것 같다면 차라리 죽이거나 봉신시켜 달라니?

지호도 그제야 뭔가 이상하다는 사실을 깨닫고 인상을 굳히며 그중 한 놈을 끌어 올렸다.

마지막까지 저항하던 녀석, 삼목귀왕이었다.

삼목귀왕은 두 눈이 시커멓게 내려앉은 몰골로 있었다. 마치 살기를 포기한 듯한 눈빛.

"제…… 길……."

몸을 덜덜 떠는 녀석은 두려움에 찬 얼굴로 지호를 쳐다봤다.

하지만 그건 지호에 대한 두려움이 아니었다.

초강왕에 대한 두려움.

「죽을 거야. 이대로는 죽고 말 거라고! 살지도 죽지도 못할 바에는 차라리, 차라리, 차라리!」

불과 몇 분 사이에 불과하건만.

녀석이 풍기는 사념은 온통 두려움으로 젖어 있었다. 곧 초강왕이 무슨 벌을 내릴 거라는 두려움.

녀석에게서 뭔가 알아내려던 지호로서는 짜증이 날 수밖에 없는 상황이었다. 대체 초강왕이 그들을 어떻게 한다는 거지?

어쩔 수 없다는 생각에 지호는 삼목귀왕을 눈앞까지 끌고 와 눈을 마주쳤다.

화안금정을 활짝 열자 바들바들 떨던 녀석의 움직임이 도중에 멈췄다.

"보여……!"

지호가 녀석의 영혼을 해체하려는 순간,

치이이익!

갑자기 삼도천의 수면 위로 기포가 잔뜩 올라오더니 새하얀 증기를 내면서 끓기 시작했다. 독수의 독성이 단숨에 짙어지며 삼도천이 짙은 녹색으로 변했다.

그리고 귀왕대가 녹아내렸다.

"……!"

「끄아아아아아악!」

「아아아악! 대왕님! 대왕님! 제발! 제……!」

"끌어올리게, 어서!"

소호 금천이 이상 현상을 깨닫고 다급하게 외쳤다.

지호는 화안금정을 풀고 쇠사슬을 잡아당겼다.

하지만 이미 때는 늦은 뒤였다.

수면 밖으로 나온 건 이미 반쯤 녹아 미이라처럼 변한 귀왕대 수백 구의 시신이었다. 다른 귀왕도 이미 절명한 뒤였다.

인질로 잡혔다고 이렇게 죽여?

지호는 도무지 납득이 가질 않는 초강왕의 독한 심성에 이를 악물었다.

"……미쳤어."

그렇게 혼잣말을 중얼거릴 무렵.

　—후후후후. 미쳤다고? 천만에. 이런 것이 바로

왕으로서 응당 가져야 할 올바른 자세란 것이다, 애송아.

하늘에서 쩌렁쩌렁한 목소리가 울리더니 다시 풍랑이 거세졌다. 저만치 먼 곳에서 어마어마한 해일이 일어나더니 마치 사람의 얼굴처럼 뚜렷한 이목구비를 표현했다.

지호가 죽은 현의옹의 사념 너머로 엿봤던 초강왕과 똑같은 얼굴이었다.

이예가 이를 악물었다. 이런 일에 왕의 자세를 운운해? 자신으로서는 절대 용납할 수 없는 일이었다. 소호 금천도 마찬가지였는지 눈빛이 싸늘했다.

―그나저나 내 환영 인사는 어땠나? 제법 마음에 들었는지 모르겠군. 딴에는 준비를 한다고 한 것인데, 준비가 미흡했는지 모르겠어.

지호는 화안금정을 활짝 열며 한쪽 입술 끝을 비틀었다.

"고맙게 잘 받았어. 아주 고맙게. 보답을 해 주고 싶을 정도인데?"

―하하하하하하! 잘 받았다니 그것참 듣던 중 반가운 소리로구만. 아, 그래도 보답은 되었다네. 뭘 바라고 준비한 선물이 아니라서.

초강왕이 만연에 찬 미소를 떴다.

―자, 그나저나 이제 어찌할 텐가?

"뭘?"

　　—하하하하. 이 친구, 잘 알면서 시치미는. 이
렇게 흉한 일을 겪고도 계속 건널 셈인가?

지호는 고개를 비딱하게 꼬며 비웃었다.

"이쪽에서도 선물 준다니까?"

　　—으으음. 역시 건넌다는 게로군.

초강왕은 못 말리겠다는 듯 고개를 절레절레 흔들었다.

　　—하여간 자네들 제천대성이란 족속들은 왜 이
리 죽어도 말을 안 듣는 건지. 그러니 이승에서는
만인의 존경을 받는다는 자가 그딴 수모를 겪는
것일진대.

수모?

순간, 지호는 손오공에 대한 단서를 들은 것 같았지만,
초강왕은 거기에 대해 자세한 설명을 하지 않았다.

　　—그렇다면 말리지는 않겠네. 다만, 이쪽에서
도 다른 선물을 줘야겠지.

해일에 비친 잔상이 흐려지더니 다른 광경을 보였다.

무덤처럼 다열한 십자가에 박힌 수많은 뱃사공들.

모진 고문이라도 당한 건지 하나같이 축 늘어져 있었다.
창백한 안색은 금방이라도 숨이 끊어질 것 같았다. 십자가
아래에는 칼을 든 집행인들이 대기 중이었다.

신호만 떨어진다면 이들의 목이 모두 동시에 떨어지리라.

—**너희들이 이승으로 돌아가지 않고 계속 머무르려 한다면 이들의 목이 떨어질 것이다. 하루에 하나씩.**

재미있어 죽겠다는 듯, 초강왕의 환희에 찬 웃음소리가 울려 퍼졌다.

—**그러니 부탁이니…… 제발 이곳에 남아 다오. 그래야 이들이 모두 죽는 걸 볼 수 있지 않겠나? 또 그래야만 재미도 쏠쏠하지 않겠나! 흐흐흐흐흐흐!**

스스스.

초강왕의 환영은 섬뜩한 웃음만을 남기며 사라졌다.

그리고,

콰아아아아아아!

갑자기 붉은 하늘을 따라 굵은 먹구름이 잔뜩 모이면서 우박과 소나기를 잔뜩 쏟았다.

독성과 산성이 짙어진 만큼이나 지독한 산성비.

닿는 것만으로도 모든 물건을 부식시키는 어마어마한 재앙이다.

소호 금천이 이를 바득바득 갈았다.

"우리를 아예 여기다 묻어 버릴 심산이로군……!"

바람은 이전과 비교도 할 수 없을 정도로 거세게 몰아치며, 해일이 잔뜩 일어나 그들을 당장에라도 집어삼키려고 했다.

이예는 하늘에다 소증을 쏴 구름을 물리려 했지만 뜻대로 따르지 않았고, 홍해아의 파초선 역시 태풍을 완전히 물리치지는 못했다.

지호가 우보를 밟아 삼도천을 진정시키려는 것도 뜻대로 따르질 않았다.

삼도천이 소란스러워졌다.

                    *   *   *

일행은 해일과 태풍을 헤집으면서 힘들지만 계속 전진을 시도했다.

그러던 중 해저에서부터 이상한 그림자가 올라왔다.

웬만한 고래보다도 훨씬 클 것 같은 그림자. 그것이 수면으로 대가리를 내밀며 아가리를 벌리는 순간, 웬만한 산등성이보다도 더 큰 이빨이 톱니처럼 번뜩였다.

"멸세어……! 저게 왜!"

소호 금천은 세상에 종말이 찾아올 때에 겁수와 함께 나타난다는 물고기를 보고 두 눈을 부릅떴다.

지옥에서나 서식할 마물(魔物)이 왜 삼도천에?

하지만 생각은 오래가지 않았다.

멸세어의 이빨이 그들을 씹어 삼키기 위해 닫히려 했다. 어마어마한 양의 물살이 놈의 아가리 쪽으로 빨려 들어가면서 배도 그쪽으로 딸려갔다.

"귀찮게 하는군!"

그때 이예가 허공으로 몸을 날렸다.

팟!

이예는 짜증 가득한 얼굴로 마치 무게가 없는 사람처럼 허공을 두어 번 박차더니 단숨에 멸세어의 콧잔등에 올라섰다.

웬만한 거인보다도 큰 멸세어의 눈동자가 살짝 일그러지면서 위쪽으로 향한다. 마치 파리 같은 녀석이 귀찮게 구니 짜증이 난 것 같다.

떨쳐 버리기 위해 머리를 크게 뒤흔든다.

하지만 이예는 꿈쩍도 하지 않고 등에서 소중 두 개를 꺼내 단검처럼 역수로 쥔 뒤, 그대로 아래를 향해 내리꽂았다.

꾸어어어어어어!

멸세어가 고통에 찬 비명을 질렀다.

겉으로 봐서는 단순히 피부에 생채기가 생긴 정도밖에 되지 않을 테지만, 소중이 녹으면서 빛이 놈의 체내에 그대로 침투하며 혈관과 뼈대 곳곳을 끊은 것이다.

멸세어는 배를 삼키려던 것을 그만두고 아가리를 뒤로 젖히며 이예를 잡으려고 했다.

하지만 이번에도 이예는 다른 소중을 꺼내 녀석의 비늘에 박고, 대각선 아래로 그대로 미끄러졌다.

상처가 크게 벌어지면서 피가 튀었다.

촤아아아악!

푸우우우우……!

피가 엄청 튀는 탓에 녹색 빛을 띠던 삼도천이 단숨에 붉게 물들었다. 멸세어가 괴로움에 몸부림치면서 물살이 거칠게 일렁거렸다.

그러거나 말거나 이예는 거기서 그치지 않고 꼬리 부근에서 한 바퀴 돌며 척추가 있는 부근에다 소중을 깊숙하게 꽂았다.

퍼퍼퍼퍼퍼펑!

안에 단단히 박힌 소중이 폭발하면서 놈의 몸뚱이가 풍선처럼 부풀어 올랐다가, 그대로 대가리가 터지며 허공으로 높이 튀었다.

콰아아아앙, 쿠쿠쿠쿠쿠쿠!

터져 나간 대가리는 저 멀리 수면에 처박히고, 부서진 살점이며 핏물이 후두둑 아래로 떨어졌다.

"과연 천하제일의 사냥꾼답군, 그래! 이거 속이 다 시원하구만!"

소호 금천은 기분 좋게 껄껄 웃었다.

한때 세상을 위험하게 만들었던 온갖 마물들을 잡거나 조련했다더니. 과연 이예답다 싶었다.

그런데,

"아뇨. 이제 시작입니다."

"음?"

지호가 차갑게 내뱉은 말에 소호 금천이 무슨 말이냐며 고개를 갸웃거리려는데,

"떼로 몰려온다. 최대한 여기서 벗어나!"

이예가 인상을 잔뜩 찡그리면서 소리쳤다.

말이 끝나기 무섭게 해저 저 밑바닥에서 멸세어보다도 더 큰 짙은 그림자가 모였다.

콰아아아아아아앙!

마치 폭탄이라도 터진 것처럼 어마어마한 굉음과 함께 물보라가 크게 일었다. 수면 밖으로 대가리를 내민 멸세어가 다섯 마리나 되었다.

녀석들은 둥둥 떠다니는 동족의 살점을 서로 먹겠다고

달려들었다.

특히 부피가 큰 살점은 다른 놈이 먹는다 치면 놈의 몸뚱이를 와그작 씹으면서까지 빼앗으려 들었다. 그렇게 충돌이 벌어지다보니 다시 피가 뿌려지고, 이 냄새를 맡은 다른 멸세어도 모여들기 시작했다.

"제길! 피 냄새를 맡고 모여든 겐가!"

일행은 어떻게든 범위에서 벗어나려고 했지만 그리 말처럼 쉽게 되지는 않았다.

워낙에 놈들의 덩치가 큰 데다, 숫자가 계속 불어나면서 뒤엉키는 탓에 꼬리가 금방이라도 배를 덮칠 것만 같았다.

결국 배를 조종할 홍해아만 배에 남고, 지호와 소호 금천도 밖으로 나와서 멸세어를 잡는 데 힘을 기울였다.

파바바바밧!

촤아아악! 촤촤촤촤촤촤!

지호는 징검다리를 밟듯이 멸세어의 머리 위를 계속 폴짝폴짝 뛰어다녔다. 그러면서 여의봉을 휘둘러 머리통을 계속 잘라 버렸다.

그가 지난 자리로 멸세어의 시신이 즐비하게 뿌려져 둥둥 떠다녔다.

꾸우우우우웅!

그 와중에 화가 단단히 난 놈이 있는지, 지호가 다음 착지할 장소를 노리고 대가리를 내밀었다.

쾅!

아가리를 닫자, 지호가 그대로 삼켜졌다.

멸세어는 희희낙락하며 식도를 따라 위장까지 넘기려 했지만,

콰콰콰콰콰쾅!

안쪽에서 뭔가가 들썩이면서 척추가 잘게 부서지며 위로 요동친다 싶더니, 그대로 등가죽이 찢기고 말았다.

지호는 그 위로 솟구쳐 올라 몸에 묻은 바닷물과 침을 털어 내고, 여의봉을 아래로 휘둘렀다.

"얼어라."

쩌저저저저적!

수면이 해일과 함께 통째로 얼어붙었다.

멸세어는 그 사이에 끼어 낑낑댔다.

"처치는 내가 하지."

그때 소호 금천이 청구검을 휘둘러 하늘에서 거센 불비를 내리게 했다. 남은 놈들은 이예가 뛰어다니면서 일일이 목숨을 끊었다.

단숨에 놈들의 머리통이 박살 나며 탄내와 살코기 익는

냄새가 자욱하게 퍼졌다.

하지만 이런 둘의 적극적인 활약에도 불구하고 빠져나오는 건 절대 쉬운 일이 아니었다.

없애는 것보다 더 많은 멸세어들이 모여들면서 단숨에 얼어붙은 수면을 깨 버리는 데다가, 놈들이 한데 뭉쳐 있으니 그보다 더 먹이 사슬 상위에 있는 포식자도 나타난 것이다.

뱀처럼 새카맣고 맨들맨들한 비늘에 긴 몸뚱이를 지닌 녀석은 멸세어의 대가리 사이로 불쑥 올라와, 놈들을 칭칭 감고 다시 해저로 가라앉았다.

그다음에는 크기를 측정할 수나 있을까 싶은 아가리가 올라와 멸세어와 물뱀을 단번에 집어삼키고 사라졌다.

"괴룡에 박식서까지? 대체 이것들이 제정신이란 말인가?"

소호 금천은 충격을 금치 못했는지 청구검을 쥐고 있는 손이 덜덜 떨렸다.

멸세어면 또 모를까, 계속 연이은 지옥의 마물이 출몰했다는 것은 초강왕이 일부러 놈들을 삼도천에다 풀어놨다는 뜻이었다.

문제는 이 정도에서 그치지 않을 수도 있다는 것 아닌가!

아니나 다를까.

끼아아아아악!

이번에는 하늘을 따라 어마어마한 양의 새들이 잔뜩 몰려들었다.

툭 튀어나온 주둥이. 제 몸뚱이보다 훨씬 큰 두 쌍의 날개. 여섯 개의 발톱.

놈들은 단체로 하강을 시도하면서 멸세어와 괴룡 따위를 잡으려고 했다. 무수히 많은 깃털이 삼도천에 계속 떨어졌다.

먹이를 먹으려는 포식자와 도망치려는 피식자.

삼도천은 더 큰 혼란에 잠겼다.

*　　*　　*

일행의 배는 어떻게든 혼란을 빠져나올 수 있었다.

하지만 그 뒤에 그들을 맞은 건 일련의 무리였다.

"아직 끝나지 않았을 텐데?"

초강왕의 가신, 상원주와 나리실.

상원주는 군세를 이끄는 대장군이었고, 나리실은 홀로 신과도 대적한다는 자였다.

그들과의 싸움도 만만치 않았다.

풍랑과 해일을 배경으로 한 놈들의 공세는 철저히 게릴

라전에 입각했으니까. 순차적으로 병력을 회전시키며 지호 일행을 상대하고, 조금 위험하다 싶으면 병력 전체를 뒤로 물렸다.

귀왕대 때처럼 한꺼번에 달려들다가는 전멸을 면치 못한다는 걸 자각하고 있는 것이다.

초강왕의 군세는 아주 집요해서, 매일 멸세어를 비롯한 지옥의 마물을 풀어 일행의 진을 빼게 하고, 그 뒤에 바로 기습을 시도했다.

피 말려 죽이겠다는 듯 절대 쉴 틈을 주지 않았다.

'뭔가 틀린 걸까?'

막연하게 묵시만을 믿고 있는 것이?

그저 하던 대로 계속 하다 보면 삼도천도 건너고 초강왕도 잡을 수 있을 거라 생각했건만.

이대로는 삼도천을 건너기는커녕 지쳐서 나가떨어질 것 같았다.

"하아…… 하아……!"

"죽겠군……."

"배는 좀 어떤가? 무사한가?"

소호 금천은 배를 검사하는 지호에게 조심스레 물었다.

지호는 배를 매만지면서 쓰게 웃었다.

"얼마나 버틸 수 있을지 모르겠습니다."

"이제 뭍까지 얼마 남았지?"

"20일 정도요."

"……."

"……."

모두가 침묵에 잠겼다.

지호도 가만히 생각에 잠겼다.

'버틸 수 있을까? 그때까지?'

초강왕이 노리는 건 하나다.

그들이 포기를 하든가, 아니면 삼도천에 휘말리든가.

'대체 왜?'

처음에는 자신들이 염라왕의 편에 설 것이니 전력이 보태지는 걸 막기 위해 놓는 훼방이라고 생각했다.

하지만 이렇게까지 끈질기게 따라붙는 건 다른 이유가 있는 게 분명했다.

'차라리 놈의 위치를 특정할 수 있다면 편할 텐데.'

지호는 틈만 나면 예지안과 천리안을 통해 삼도천 구석구석을 뒤졌다. 하지만 삼도천의 영역이 너무 방대한 데다가, 이승에서처럼 완전하지도 않아서 그때마다 번번이 실패를 겪어야만 했다.

무엇보다,

"그분은…… 절대 모습을…… 내비치지 않을 거다. 그분만큼 겁 많으면서, 음험하고, 꾀가 많으신 분도 없으실 테니……."

지호는 삼목귀왕의 영혼을 낱낱이 해체하며 그 속에 숨겨진 것들을 읽었다.

저승의 상황이 어떻게 돌아가는지는 대략 알게 되었지만, 문제는 여전히 초강왕의 정확한 위치를 파악할 수 없었다는 점이다.

마치 그 부분만큼은 먹물로 잔뜩 칠한 것처럼.

하지만 생각은 오래가지 않았다.

"또 손님 왔습니다. 으으. 삭신이야."

홍해아가 삐그덕대는 무릎을 억지로 일으키며 파초선을 세게 쥐었다.

"노인네 앞에서 그딴 말 하지 말게. 그나저나 정말이지 피 말려 죽이려는 겐가? 쉴 틈을 주지 않는군. 이래서 천계의 것들이 저승이라면 그렇게 혀를 내둘렀던 건가?"

소호 금천이 혀를 차며 청구검을 쥐고 수평선 쪽을 바라봤다.

멸세어가 이리로 몰려오고 있었다.

　　　　　　*　　　*　　　*

　"후후후후. 정신을 못 차리는군."

　초강왕은 신위를 통해 여전히 정신을 차리지 못하는 놈들을 건너다보며 웃음을 터뜨렸다.

　그의 앞에는 온갖 미주가효와 산해진미가 놓여 있었다. 아리따운 무희들은 살랑살랑 나비처럼 춤을 추고, 악사들은 거기에 맞춰 독특한 음을 연주했다.

　이보다 더없을 화려한 연회.

　맞은편에 비어 있는 네 개의 자리가 쓸쓸해 보였다.

　"이 정도면 술안주 감으로 딱 좋지 않은가?"

　초강왕이 닭다리를 하나 들어 게걸스럽게 뜯는 그때, 빈 자리 위로 스르르 아지랑이가 피어올랐다.

　　―흥! 그 고얀 취미는 나이를 먹고도 전혀 변하질 않는구나.

　　―켈켈켈. 아무렴 어떤가? 천마를 잡을 수 있다는데.

　　―그래도 저 골칫덩이가 고생하는 모습을 보니 속이 다 시원하군.

　스르르!

　그때 빈 의자 중 세 곳 위로 뭔가가 흔들린다 싶더니 흐릿한 형체가 나타났다.

송제왕, 오관왕, 변성왕.

각각 명부시왕 셋째, 넷째, 여섯째에 해당하는 자들.

그들은 아주 익숙하다는 듯이 좌석 앞에 놓인 술잔을 들었다. 초강왕과 함께 손을 잡은 연합군이었다.

"한데, 우리 주인께서는 아직도 모습을 내비치지 않으시는 건지?"

하지만 초광왕의 시선은 바로 맞은편, 아직 주인이 자리를 잡지 않은 곳에 가만히 못 박혔다. 음험하게 웃는 눈초리 사이로 색욕이 잠깐 번뜩였다가 사라졌다.

그 순간,

화아아아아ㅡ!

시커먼 마기가 누에고치처럼 한데 뭉쳤다가 스르르 풀리면서 한 여인이 나타났다.

가볍게 꼰 다리는 관능적이고, 유려한 선을 그리는 곡선은 육감적이다. 보는 이로 하여금 심장이 두근거리게 만드는 마력이 숨겨져 있다. 하지만 등에 축 처진 두 쌍의 날개와 보통 사람과는 다른 검은 자위와 흰 동공은 보는 순간 심장과 영혼이 얼어붙고 말 것이니.

새로이 저승의 군주가 된 자, 통천교주가 입을 열었다.

ㅡ날 이곳까지 부른 연유는?

초강왕의 싱긋 미소를 지었다.

"아니. 꼭 이유가 있어야만 얼굴을 대면하는 것이오? 같은 길을 걷기로 한 동지들끼리 친분을 다지기 위해 자리를 가질 수도 있는 것이지."

통천교주가 마음에 들지 않는다는 듯 미미하게 미간을 찌푸렸다.

—지금이 어느 때인지 모르지 않을 텐데?

"어찌 모르겠소. 지난 백수십 년 동안 간절히 바라고 또 바랐던 순간일진대."

초강왕은 껄껄 웃다가 뚝 멈췄다. 눈동자가 광기로 번뜩였다.

"드디어 염라의 목을 가지게 된 때가 아니외까!"

—그리 잘 알면서 바쁜 나를 부른 것이란 말이더냐?

통천교주가 짜증 섞인 얼굴로 호통을 친 순간,

화아아아아아악!

그녀를 따라 서늘한 광풍이 휘몰아쳤다.

심연의 공포를 자극하는 마기가 사납게 일렁인다.

지옥을 관장했던 명부시왕들조차 간담을 서늘케 하는 기운.

보통 마기와는 차원이 다른, '진짜' 마기였다.

'효, 효마의 힘이라니!'

일순, 송제왕과 오관왕의 안색이 새파랗게 질렸다. 자존심이 강한 변성왕은 꾹 참으려 하는 눈치였지만 얼굴이 붉으락푸르락했다.

하지만 감히 통천교주에 맞설 생각은 하지 못했다.

자칫 그녀가 풍기는 효마의 힘에 잡아먹히기라도 한다면 죽는 것으로 끝나는 게 아니라, 아예 영혼 자체가 소멸되고 말 것이니.

그들은 아직도 잊지 못했다.

처음 통천교주가 자신들 연합에 처음 방문했을 때, 계집이면 계집답게 한번 색으로 홀려 보라며 망발을 일삼던 도시왕을 어떻게 찢어 죽였는지를.

시왕 중 아홉째에 해당해 가진 바 능력도 제법 뛰어났던 도시왕이었건만.

그런 그조차 어떻게 저항할 생각도 하지 못한 채 사지가 뜯기고, 머리통이 박살이 나 마물들의 먹이로 전락하고 말았다.

그리고 그의 영지(領地)는 통천교주가 이끄는 마신들에 의해 짓밟히다 못해 아예 그 속에 살던 생명들까지 모두 학살당하며 사지로 바뀌고 말았으니.

특히 그때 날뛰던 사흉(四凶)이란 작자들은 왜 독립하지 않고 통천교주 아래에 있는지 이해가 가지 않을 정도로, 능히 명부시왕들을 능가할 만큼 대단한 힘을 자랑했다.

이만큼 통천교주의 힘과 그녀의 세는 대단했다.

그녀는 자신에게 거역하는 것을 절대 가만히 놔두지 않았다.

말보다 힘을 앞세웠고, 모든 걸 찍어 눌렀다.

그 때문에 백여 년 만에 돌아왔다며 어마어마한 기세로 일어났던 염라왕마저도 지금은 바람 앞의 등불처럼 위기에 내몰린 상태였다.

두 번째 지옥, 흑승.

그곳에서 염라왕은 이미 모든 세를 잃어버린 채 죽을 날만 기다리지 않던가…….

통천교주는 남은 세력을 돌려 흑승으로 차근차근히 진격을 시작 중이었고.

이렇듯 이제 혼란스럽던 저승의 진정한 군주가 될 사람은, 그녀밖에 없는 터.

그런데도 초강왕은 이렇게 여유를 부린다.

때때로는 그녀를 갖고 싶다는 갈망을 숨기지 않으면서.

'누가 일곱 개의 권능 중 색욕을 가지고 있다 하지 않을까 봐?'

과거 염라왕이 지옥을 다스리기 위해 부렸다는 7개의 권능, 오(傲), 기(忌), 노(怒), 태(怠), 탐(貪), 식(食), 색(色).

달리 7대 죄악이라고도 불리는 힘 중 초강왕이 쟁취한 것은 색(色), 바로 색욕이었다.

지금도 그런 느낌을 살짝 풍긴다.

통천교주의 미간이 더더욱 찌푸려졌다. 이놈을 바로 이 자리에서 치워 버릴까 하는 고민이 살짝 들 무렵, 초강왕은 눈치 좋게 한 발을 뒤로 쓱 뺐다.

"사실 염라의 목이 떨어지기 전에 군주께 보여 드리고 어떻게 해야 할지 허락을 구하고 싶은 것이 있어서 이리 와 주십사 한 것입니다."

—나에게?

"예."

초강왕은 기분 좋게 웃으면서 손을 흔들었다.

그러자 중앙 식탁 위로 공간이 아른거리면서 다른 뭔가를 비춘다.

삼도천의 위에서 사투를 벌이는 지호 일행.

그중에서도 지호가 크게 보이는 순간,

파르르.

통천교주의 눈가가 살짝 떨린다.

그 속에는 온갖 감정이 다양하고 복잡하게 섞였다.

하지만 마지막에 드러난 것은 하나.

기(忌).

그녀가 가진 권능, 질투의 감정.

하지만 그 감정은 달리 혐오를 의미하기도 했다.

그러다 통천교주는 눈을 한 차례 감았다가 다시 떴다. 눈에는 더 이상 아무런 감정도 담기지 않았다.

—마음대로 하라. 어차피 제천대성 따위 더 이상 관심에도 없음이니.

통천교주는 그 말을 하며 자리에서 일어났다.

—이런 쓸데없는 일에 신경 쓸 겨를이 있거든, '그것'이나 잘 지키고 있어라.

몸을 돌리는 그녀의 눈빛은 차갑기만 했다.

— '그것'이야말로 우리가 바라는 숙원을 풀 수 있는 실마리일 테니.

스르르!

통천교주가 자취를 감추자, 실내를 빽빽하게 감돌던 기운도 확 하고 사라졌다.

왕들은 그제야 답답했던 숨을 토할 수 있었다.

쾅!

"하! 도도한 척은 혼자서 다하는군!"

송제왕은 무엇이 그리도 화가 나는지 주먹으로 탁상을 세게 내리쳤다.

음식과 술잔이 깨지며 바닥에 떨어졌지만 아무도 신경

쓰지 않았다. 하인들이 재빨리 다가와 깨진 그릇과 음식들을 치웠다.

그러다 짜증이 났는지 탁상에 있던 술병을 들고 벌컥벌컥 들이켜며 초강왕에게 물었다.

"대체 뭘 하고 싶었던 겐가? 이런 난리를 쳐 가면서."

"그냥."

웃는 초강왕의 모습이 어딘지 모르게 사이했다.

"이 모습을 봤을 때의 얼굴이 궁금해서."

*   *   *

멸세어를 보며 일행은 다시 싸울 차비를 갖췄다.

하나같이 지친 기색이 역력하다.

신이라고 해서 피로를 못 느끼는 게 아닌 데다가, 저승의 공기까지 맞지 않으니 회복이 더딘 것이다.

지호 역시 여태 그랬던 것처럼 여의봉을 꺼내며 다시 준비를 했지만, 순간 짜증이 났다.

'내가 지금 뭘 하는 거지?'

정말 뭘 하고 있는 거지?

'내가 언제부터 이렇게 고민이 많았다고?'

하고 싶은 것이 있으면 하고, 짜증 나는 일이 있으면 깽

판부터 놓던 게 자신이 아니었던가?

그런데 언제부턴가 자꾸 뭔가를 하기 전에 먼저 생각을 하고, 몇 번이고 고민을 되풀이했다. 그러다 일이 잘 풀리지 않으면 다시 고민했다.

직접 부딪칠 생각은 차안으로 빼 두고.

지금도 마찬가지.

삼도천을 무사히 건너야 한다는 생각에 몰두하고, 부처가 남겼던 묵시를 맹신하며 어떻게 결과가 이뤄질지를 생각한다.

왜?

굳이 그럴 필요가 있나?

'그런 거 다 걷어차고 그냥 달려들면 안 되나?'

여태 그랬던 것처럼.

아마 그때부터였을 것이다.

우마왕이 희생되었을 때부터.

어깨에 짊어진 짐이 많아졌기에 행동이 조심스러워졌고 생각이 많아졌다.

아니, 정확하게는 그 전부터였던 것 같다.

'천산에서부터…… 아니, 그 전…… 나은이 저승으로 간 후부터였을까?'

그냥 한없이 자유롭게만 살던 자신이 처음으로 책임이라

는 걸 알고, 거기에 발목이 묶였을 때.

지호는 언제나 신중에 신중을 거듭했다.

"후우우우우우……!"

지호는 길게 한숨을 내쉬었다.

최대한 짜증을 털어 버리려 한다. 더 이상 헤매지 말고 고민하지 말자고 생각하며, 그냥 평소 그랬던 것처럼 몸으로 부딪치자고 다짐하고는 터벅터벅 일행 사이를 가로지르며 배의 갑판에 올라섰다. 그게 가장 자신다운 일이었으니까.

"자네?"

소호 금천은 지호의 분위기가 어딘지 모르게 달라졌다는 걸 깨닫고 눈을 휘둥그렇게 떴다.

탈각.

지호를 단단히 감싸고 있던 뭔가가 깨진 것 같았다.

홀가분하다는 듯, 입가에 미소마저 감돈다.

"소호, 이걸 부탁할게요. 그냥 빛이 가리키는 대로 배를 몰기만 하면 될 겁니다."

지호는 삼장의 사리를 소호 금천에게 건넸다.

"자네는? 뭘 하려고?"

"갑갑해서요. 깽판 좀 치고 올게요."

"뭐?"

지호는 가볍게 몸을 풀며 말했다.

"너무 걱정 마세요. 어차피 제가 이긴다니까, 약속했던 대로 뭍이나 안 되면 흑승에서 뵙도록 하죠."

이건 혼자 물속에 뛰어들겠단 뜻이 아닌가!

"하지만 너무 위험하……!"

소호 금천이 지호를 뜯어 말리고자 했지만, 어깨를 짚는 손길에 말문이 턱 막혔다.

이예가 그를 붙들고 고개를 가로젓고 있었다.

말리지 말라는 눈빛.

그 속에는 지호에 대한 신뢰로 가득 차 있었다.

'그런가.'

그제야 소호 금천은 자신의 실수를 깨달았다.

여태 자신이 지호를 주군으로 인정하면서도, 한편으로는 아직까지는 돌봐 줘야 할 아이로 보고 있었음을.

"……알겠네."

소호 금천이 한 발자국 물러섰다. 홍해아는 흥미 가득한 눈길로 지호를 쳐다봤다.

몸 푸는 걸 끝낸 지호는 녹색 강물로 뛰어들었다.

풍덩. 단순히 멱을 감는 거라면 이런 물살이 기분 좋아야 겠지만, 강한 산성과 독성을 자랑하기 때문인지 기분이 불쾌했다.

지호는 근두운을 얇게 일으켜 몸 주변을 감싸고, 강하게 물살을 박찼다.

쿠르르르르!

기다란 흔적을 남기며, 단숨에 놈들에게 닿는다.

확장된 감각 너머로 멸세어 군(群) 너머에 초강왕의 군단이 대기 중인 게 느껴졌다.

놈들을 계속 족치다 보면 뭔가 나오겠지.

여태 암만 두들겨도 알아낼 수 있는 게 적었지만, 그래도 계속 패다 보면 나오지 않을까?

어떻게든 되겠지, 라는 게 지호의 생각이었다.

그리고 그 생각은 지호를 알 수 없는 압박감에서 해방시켜 줬다.

「성아야.」

─응응! 이 못된 놈들, 내가 막막 무찌를 거야!

지호는 빛무리에 젖은 여의봉을 거칠게 휘둘렀다.

삼도천이 황금색 빛무리에 잠기고,

콰아아아아아아아아앙!

거대한 해일이 일어날 정도로 어마어마한 압력이 멸세어 군을 몽땅 뒤집어 놓았다. 가장 앞에 있던 놈들은 피떡이 되었고, 후방에서 달리던 놈들은 해류에 뒤엉켜 아등바등 거렸다.

지호는 인어라도 된 것처럼 단숨에 놈들 사이를 돌파, 그대로 가장 뒤편에 있던 군단에 도착했다.

여느 때와 마찬가지로 기습할 기회를 노리고 있던 상원주와 나리실이 화들짝 놀라 막을 준비를 하려 했지만, 그보다 먼저 지호의 손길이 다가왔다.

콰드드득!

초강왕의 군단 내에서 대장군 직을 맡고 있다는 상원주의 목이 휙 돌아갔다.

나리실이 다급하게 물러서며 소리쳤다.

「저, 전원 산개하……! 컥!」

하지만 녀석 역시 지호가 휘두른 여의봉에 그대로 쓸려 몸이 아작 나고 말았다.

파파파파파파!

수천에 달하는 군단이 일제히 사방으로 흩어진다.

「놓칠 줄 알고?」

지호는 코웃음을 치면서 주먹을 세게 휘둘렀다.

파아아아아아앙— 슈슈슈슈슈슛!

정권에서 터진 황금색 빛줄기가 수천수만 갈래로 쪼개지면서 놈들의 뒤를 쫓았다. 저승으로 오면서 아무리 힘이 약해졌다지만, 놈들을 당해 내지 못할 정도는 아니었다.

퍼퍼퍼퍼펑, 곳곳에서 폭발이 일고 비명이 난무했다.

「크아아아아악!」

「젠자아아앙! 대체 갑자기 왜 저렇게 날뛰는 거야!」

「도, 도, 도망쳐!」

놈들이 발악을 하건 말건 간에 지호는 삼도천을 마구잡이로 헤집고 다니면서 베고 또 벴다.

녹색 강물은 금세 붉은 핏빛으로 물들었고, 도처에 놈들의 시신이며 죽으면서 남긴 사념이 온통 시끄럽게 삼도천을 채웠다.

그렇게 되자 여태 갈 길을 잃고 우왕좌왕하던 멸세어 군을 비롯한 마수들이 피 냄새를 맡고 방향을 바꿔 이쪽으로 달려들었다.

「제길! 이놈들 좀 치워 봐!」

「안 돼애애애앳!」

「박식서다! 박식서다아아아아!」

군단은 되레 역습하는 지옥의 마물들을 보고 기겁했다.

도망치려 해도 밖이 온통 마물들로 가득하니!

멸세어는 맛난 음식을 먹기 위해 아가리를 벌리며 놈들을 강물과 함께 통째로 빨아들였다. 병사들은 어떻게든 달아나려 했지만 쏜살같이 달려온 놈들에게 잡아먹히거나, 사지 중 어느 한 군데가 떨어지고 말았다.

도망친다고 해도 해저에서 올라온 괴룡이 놈들의 뒷덜미

를 속속들이 낡아챘고, 이마저 벗어난다고 해도 해저에서 박식서가 거대한 아가리를 벌리며 나타나 멸세어와 함께 통째로 그들을 집어삼켰다.

「으, 으아아아악! 강물은 안 돼! 여기! 여기면 될 거야!」

「멍청아! 거긴 더 위험하……!」

수면 밖으로 도망친다고 해도 사정은 달라지지 않았다.

끼아아아, 끼아아아, 강물 밖에서 기회를 노리던 괴조(怪鳥)들이 별안간 낙하하여 그들을 낡아챈 탓이었다. 살려 달라며 비명을 질러 대던 놈들은 저만치 하늘 너머로 점이 되어 사라졌다.

상황이 이렇게 되자, 초강왕도 당혹해하는 기색이 느껴졌다. 귀왕대가 거치적거린다며 없애 버렸던 그였지만 수천에 달하는 군단은 그냥 보낼 수 없었던 것일까.

쿠르르르, 해류가 움직이면서 마물들을 군단과 강제로 분리시키려고 했다. 눈앞에서 먹이를 놓치게 된 마물이 신경질을 부리며 해류를 뚫으려 했지만, 초자연적인 의지를 완전히 거스를 수가 없었다.

지호는 바로 그때 초자연적 의지, 그 속에 담긴 거대한 인력(引力)의 흐름을 느꼈다. 거길 향해 손을 뻗어 빛을 침투시켰다.

타인의 신위에 자신의 신위를 강제로 불어넣는다.

순간, 인력이 해류로 깃들어 오는 지호의 힘을 느끼고 금방 사라지려고 했지만,

「잡았다.」

지호는 차갑게 웃으면서 인력을 붙잡고 그대로 잡아당겼다. 무가 뽑히듯 쑥 하고 뭔가가 딸려오는 게 손끝으로 느껴졌다.

초강왕이 경악에 찬 얼굴로 그를 바라보고 있었다.

「할로?」

지호가 반갑게 손을 흔들며 인사했다.

「······!」

초강왕은 기겁을 하고 말았다.

설마 신위를 읽고 강제로 끌어들이다니.

이게 말이나 돼?

쾅!

초강왕은 지호의 손길을 뿌리치고 삼도천으로 몸을 녹였다. 자신의 신위 속이니 가능한 것이다.

하지만,

「헛짓거리 하기는!」

지호는 한 번 잡은 '감각'을 놓치지 않았다.

녀석이 남긴 기운을 따라 여의봉을 휘둘렀다.

스걱!

공간이 비스듬히 열리면서 그쪽으로 몸을 던진다.

와르르, 콰쾅!

지호가 들어선 곳은 어느 건물 내부였다.

연회라도 즐기고 있었던 듯 화려한 실내 장식과 온갖 음식이며 술이 가득했지만, 곧 지호와 함께 딸려온 강물이 단숨에 내부를 어질러 놓았다.

무희와 악사들이 기겁하며 도망치는 걸 뒤로하고, 지호는 화안금정을 활짝 열어 주변을 쓱 훑었다.

뒤쪽, 벽면.

"거기냐!"

지호가 손을 뻗어 벽을 부수고 뒤에 있던 공간으로 뛰어든다.

거기엔 식은땀을 흘리며 거칠게 숨을 몰아쉬는 초강왕과 처음 보는 삼인방이 있었다.

하지만 보는 순간 알 수 있었다.

참 많이도 낚았군.

명부시왕이 넷이나 모여 있어?

"천마……!"

"어떻게 이곳을 읽은 거지?"

"차라리 잘되었군. 어차피 없어져야 할 놈이었으니."

지호는 송곳니가 훤히 드러나라 웃으며 지면을 세게 박

찼다.

콰아아아아아아앙!

궁궐이 이대로 부서져 내리는 게 아닐까 싶을 정도로 거친 진동과 함께 놈들과 충돌한다.

그중에서 가장 덩치가 큰 송제왕이 앞으로 나섰다.

쿠우우우우우웅!

"크읍……!"

송제왕은 양손을 뻗어 지호가 내뻗은 주먹을 막았다. 목에서부터 얼굴까지 핏대가 잔뜩 섰다.

하지만 얼마나 힘이 센지, 송제왕은 바닥에 깊은 고랑을 남기며 한참이나 뒤로 떠밀려 났다. 파생된 힘의 여운이 화려하게 치장되었던 궐내의 모든 장식품들을 박살내고, 대리석으로 이뤄졌던 벽과 천장에 큰 금이 가게 만들었다.

"오, 제법인데?"

지호는 피식 웃으면서 한 번 더 주먹을 날렸다. 주먹 끝에서 황금색 빛줄기가 터졌다.

"그럼 이것도 막아 볼래?"

쾅!

"컥!"

송제왕은 둔탁한 무언가로 세게 얻어맞은 듯 양손이 박살 나다 못해 그대로 가슴팍까지 함몰되었다. 갈비뼈가 그대로 으스러져 입가로 피 화살이 토해졌다.

지호는 지축을 밟아 몸을 회전시키면서 돌려차기로 송제왕의 관자놀이를 후려쳤다.

우드득!

목뼈가 그대로 으스러진 게 아닐까 싶을 정도로 송제왕이 볼썽사납게 바닥을 뒹굴었다.

지호는 마무리를 위해 여의봉을 그쪽으로 뻗으려 했지만, 그때 오관왕과 변성왕이 각각 달려들었다.

"놈!"

"그만두지 못할까!"

"귀찮게 하기는!"

지호는 옆으로 몸을 회전시키면서 한 손으로 오관왕의 주먹을 잡아 안쪽으로 잡아당겨 왼쪽 팔뚝으로 턱주가리를 세게 치고, 다시 반대로 몸을 돌리면서 다리를 아래쪽으로 휘둘러 변성왕의 하체를 쓸었다.

두 왕이 볼썽사납게 뒹굴다가 허공에서 자세를 바로 잡으며 이를 악물고 신위를 개방했다.

우우우우우우웅!

지호의 어깨 위로 어마어마한 영압이 더해져 발목을 세게 묶으려 한다.

중력. 공간을 무겁게 하는 것이 오관왕의 신위.

지옥에 묶인 죄인들이 달아나지 못하도록 막는 술수를 지호에게 전가한 것이다.

반면에 변성왕의 신위는 죄를 비추는 거울(業鏡)과 죄를 재는 저울(業秤)로도 죄를 다 사하지 못한 죄인들을 독에 빠져 죽게 하는 힘.

츠츠츠.

지호의 발목을 따라 거대한 뱀이 똬리를 틀며 올라와 혓바닥을 날름거렸다.

업사(業蛇). 지옥의 마물로서 죄인을 집어삼키고 영원토록 독의 저주 속에 가둔다는 녀석.

하지만,

촤아아악!

지호는 너무 여유롭게 뱀의 모가지를 틀어쥐더니 그대로 꺾어 버리고, 힘을 개방해 오관왕의 신위까지 부쉈다.

"쿨럭……!"

"크억! 어, 어떻게……!"

두 왕의 눈가에 경악이 잔뜩 퍼졌다.

제아무리 천마가 이승에서 손에 꼽힐 정도로 대단한 강자였다고 하지만, 법칙이 강한 저승에서도 이런 힘을 발휘할 줄 안다고?

그들을 이렇게 압도적으로 밀어붙인 자는 단 한 명밖에

없었다.

통천교주!

그녀도 법칙이 전혀 다른 이곳에서 그런 힘을 보이지 않았던가!

콰콰콰콰콰콰콰!

그때 지호가 양 주먹을 내뻗었다.

황금색 빛줄기가 수천 갈래로 쪼개지며 감옥처럼 사방에서 그들을 옥죄어 왔다.

"제길!"

두 왕은 더 이상 지호를 상대할 수 없으리라 판단하고 몸을 뒤로 내뺐다.

쾅, 쾅, 그들이 빠져나간 자리로 궁궐의 남은 벽들이 죄다 박살이 나면서 삼도천의 물이 안으로 쏟아졌다.

황금색 빛은 산란하면서 목표물에 닿지 못했고, 그 사이에 오관왕과 변성왕은 도주를 시도했다. 송제왕은 이미 달아난 뒤였다.

지호는 손을 활짝 펼쳐 인력(引力)을 강제로 유동시켰다.

"으, 으아아아악!"

오관왕이 미처 공간을 열어 달아나지 못하고 지호에게 딸려 왔다. 지호의 손아귀에 멱살이 턱 잡히는 순간, 그가 다급하게 소리쳤다.

"자, 잠깐! 말해 줄 것이 있……!"

우드득!

하지만 지호는 듣기 싫다는 듯 손에 힘을 바짝 주어 놈의 모가지를 으스러뜨렸다.

스스스.

녀석의 봉신을 마무리하는 동안, 지호는 화안금정으로 궐내를 샅샅이 훑었다.

오관왕을 희생 삼아 달아난 송제왕과 변성왕을 쫓을 생각은 하지 않았다. 그깟 잔챙이를 상대할 시간도 부족하거니와, 애초 그가 잡아야 할 녀석은 초강왕이었으니까.

하지만 녀석 역시 세 왕이 시간을 끄는 동안 도주를 했던지 기척이 느껴지지 않았다.

초강왕은 타고난 장수가 아닌 책사. 당연히 직접적으로 부딪치는 걸 꺼려했다.

그러나,

"여긴가?"

문제는 지호가 한 번 녀석의 신위를 '인식' 했다는 점이었다.

각인된 것은 절대 놓치지 않는다.

삼도천에 녹아 있는 초자연적인 흐름을 붙잡아, 인력의 힘을 이쪽으로 잡아당겼다.

"까꿍?"

"젠자아아아아앙!"

상반신만 불쑥 튀어나온 초강왕이 경악하면서 다급하게 팔을 뿌리친다.

지호는 당장 놈의 팔목을 으스러져라 잡았지만,

촤아악!

초강왕은 다른 팔로 제 손을 잘라 다시 도주했다.

지호의 손에는 떨어진 놈의 손만이 남았다.

"하! 자기 팔을 스스로 잘라? 이거 진짜 미친놈이네?"

지호는 초강왕을 쫓아 궐을 마저 부수고 삼도천으로 뛰어들었다.

쿠르르!

마침 저 멀리 물살이 움직이는 게 보였다.

지호는 그쪽으로 흘러 들어가면서 뒤를 쫓았다. 다시 초강왕의 힘을 잡아 끌어당겨 강제로 현신시키자, 초강왕은 이를 악물어 삼도천을 움직였다.

삼도천이 일렁인다. 어마어마한 수압과 물살이 지호에게로 쏟아졌다.

퍼어어어어엉!

지호는 자신을 감싼 근두운을 개방시켰다.

고밀도로 압축된 힘이 팽창하면서 수압을 순간적으로 밀

어내고, 그 속에서 지호와 초강왕은 아주 짧은 시간 사이에 서로 공방을 주고받았다.

콰콰콰콰콰콰!

지호는 빛살을 터뜨려 초강왕을 노렸다. 그럴 때마다 초강왕은 물을 끌어와 소용돌이를 그리며 몸을 보호하고, 대신에 수압을 가중시켜 물 화살을 다발로 뿌렸다.

쾅! 쾅! 쾅! 쾅! 쾅!

지호는 그럴 때마다 수압이며 소용돌이를 죄다 부수면서 전진했다.

주먹을 휘두를 때마다 폭사된 빛줄기는 모든 걸 가르고, 부수고, 으스러뜨리면서 가장 뒤에 있는 초강왕을 붙잡았다.

"제길! 제길! 제길! 제길!"

초강왕은 어떻게든 지호의 손길을 벗어나려 했다.

하지만 지호가 끈질기게 따라붙으며 물살을 죄다 박살내는 통에 어떻게 할 수가 없었다. 특히 인력의 힘을 붙잡아 강제로 현신시키는 방식은 치가 떨릴 정도였다.

"제기라아아아아알!"

결국 초강왕은 더 이상 지호에게서 달아날 수 없다고 여겼는지, 마지막 남은 신위까지 쥐어짜 삼도천 '전체'를 유동시켰다.

쿠쿠쿠쿠쿠쿠쿠쿠!

이승과 저승을 나누던 경계가 움직인다.

어마어마한 격류가 여느 때와는 비교도 할 수 없는 소용돌이를 그리고, 이내 하늘로 솟구치면서 엄청난 크기의 용오름을 만들어 냈다.

용오름은 붉은 하늘 너머에까지 닿아 지호를 크기로 압박했다. 대부분의 물살이 빨려 들어가며 끝이 없을 것 같던 삼도천의 맨바닥이 훤히 드러났다.

파닥, 파닥, 삼도천에서 살던 마물들이 도처에 깔려 아등바등거렸다.

　—노오오오오옴! 절대 용서치 않으리라아아아
　아!

용오름에서 소름이 끼칠 정도로 음산한 목소리가 퍼지며 곳곳에서 물 화살이 쏟아졌다.

물이 한계까지 압축된 물 화살은 마치 촉수처럼 기괴하게 방향을 꺾으며 지호를 압박하고 후려쳤다.

콰콰콰콰콰쾅!

지호가 피한 자리를 따라 촉수가 그대로 대지를 후려쳤다. 마물들은 그 자리에서 피 떡이 되고, 울퉁불퉁하던 강 밑바닥 지형을 모두 망가뜨렸다.

하지만 지호를 잡기는 역부족이었다.

공격이 있을 때마다 용케 잘도 피하면서 소용돌이 속에 있는 약점을 읽어 내려 한다.

　　—이 쥐새끼 같은 놈이이이이이!

초강왕은 단단히 화가 났는지, 이제는 아예 소용돌이 전체를 움직여 지호를 쫓았다. 그리고 배나 많은 촉수가 세상을 어지럽게 만들었다.

지호의 주먹에서 뻗힌 빛 화살과 일일이 충돌하면서 촉수들이 줄줄이 터져 나갔다. 증발한 수분이 자욱하게 깔리면서 안개를 만들어 내고, 하늘에는 구름이 잔뜩 꼈다.

빛이 산란하고 시야가 확보되지 않는 곳에서.

지호는 소용돌이 속에 있는 인력의 힘을 다시 찾아 그대로 잡아당겼다.

　　—네 놈 뜻대로 될 것 같으냐아아아!

하지만 반발도 만만치 않아 지호를 찍어 누르려는 듯, 소용돌이가 그대로 지호를 밀어붙였다.

빛의 힘과 소용돌이의 힘.

지호는 떠밀려 그대로 바닥에 처박혔다.

콰아아아아아아앙!

지면이 으스러지면서 한참을 안쪽으로 파고들었다.

웬만한 신조차도 살아남을 수 없을 충격.

　　—푸하하하하하핫! 천마를! 부처들도 어쩌지

못한 천마를 내가! 이 초강왕이 잡고 말았다아아
아아!

초강왕이 광기에 젖은 웃음을 마구 터뜨려 댔다.

하늘이 쩌렁쩌렁하게 울려 댔지만,

두우우우우웅—!

어디선가 울린 범종소리에 광소가 뚝 그쳤다.

　—서, 서, 설마?

초강왕은 소용돌이를 결박하는 압력에 당황했다.

하지만 달아나려 해도 잇달아 이어진 다섯 번의 범종 소
리가 소용돌이를 꽁꽁 묶어 버렸다. 더 이상 흩어질 수도,
뭉칠 수도, 흐를 수도 없도록.

　"어리석긴. 이리도 잡기 쉽도록 뭉쳐 주다니."

그때 소용돌이 아래에서 비웃음이 들리더니, 그대로 소
용돌이 자체가, 아니, 소용돌이를 감싼 공간 전체가 옆으로
기울어졌다. '패대기' 쳐졌다.

콰아아아아아아아아아앙!

하늘을 뚫을 정도로 높게 섰던 소용돌이가 지면에 처박
히면서 원래 삼도천이 있던 자리는 망가지다 못해, 경계선
자체가 허물어지고 말았다.

뭍에 있던 마을이며 모든 게 망가지며 자욱했던 안개와 구름 사이로 모래까지 자욱하게 솟아올라 세상이 어둡게 변했다.

두우우우우웅!

지호는 쓰러진 소용돌이 위로 우보의 마지막 일곱 번째 걸음을 내딛으며 안쪽으로 손날을 집어넣었다. 인력의 힘에다 빛을 잔뜩 투과했다.

콰콰콰콰콰콰콰콰!

소용돌이 전체 사이사이로 황금색 빛무리가 새어 나왔다. 빛이 그대로 팽창하면서 소용돌이를 안쪽에서부터 그대로 터뜨렸다.

삼도천을 메우던 모든 수분이 한꺼번에 증발해 안개는 이제 세상 전체를 어둠에 잠식시켰다.

메말라 버린 삼도천.

저승에서 그토록 많은 전쟁이 벌어지고도 한 번도 없었던 사건이 벌어지고 만 것이다.

후두둑, 후두둑, 증발되지 못한 수분이 비가 되어 내리긴 했지만 삼도천을 모두 채우기엔 한없이 부족했다.

"꺽…… 꺽……!"

지호의 발치에는 초강왕이 깔린 채 아등바등거렸다. 입가에서는 피가 자꾸 쏟아졌다.

어떻게든 지호를 밀어내려 애쓰지만, 이미 삼도천이 모두 마르면서 녀석은 신위가 박탈당한 것이나 다름없었다.

신위가 신위를 부순다?

이런 일은 전혀 생각지도 못했기에 초강왕의 눈가에는 짙은 당혹감과 공포가 잔뜩 어렸다.

"살…… 려 줘……!"

"내가 왜?"

지호는 그 말과 함께 발에 잔뜩 힘을 줬다.

우두둑!

그대로 목이 돌아가며 해체되어 초강왕의 봉신이 완료되었다.

"후우우우우!"

지호는 길게 숨을 내뱉었다.

우선 당장에 급한 불은 껐나?

쏴아아. 쏴아아.

폭우가 계속 쏟아졌다.

지호는 자꾸 현기증이 돌았다. 몸에서 자꾸 힘이 새어 나가는 것 같았다.

저승은 이승과 다르다는 것.

힘이 이전에 훨씬 미치지 못할 것이란 것.

이 두 가지를 절실히 실감하는 중이었다.

사실 지호는 초강왕을 잡기 위해서 무리를 했다.

아무리 놈이 멍청하게 삼도천을 한데 모아 줘서 잡기 쉽게 만들었다지만, 우보를 일곱 번 연속으로 밟아 삼도천을 잡아 버릴 뿐만 아니라, 신위를 단번에 개방시키며 아예 증발까지 시켰으니.

원래의 힘을 온전히 발휘해도 힘들 일을 컨디션이 좋지 않은 상황에서 해내어 탈진이 온 것이다.

하지만 지호는 이대로 쓰러질 수 없었다.

삼도천을 증발시킨 건 어디까지나 초강왕을 잡기 위해 벌인 일.

이대로 뒀다가는 정말 이승과 저승의 경계가 허물어질 수 있었기에 복구를 시켜야 했다.

"성아."

─응웅! 맡겨만 줘!

그때 여의봉이 빛을 발하며 청룡으로 변했다.

녀석은 앙증맞은 주먹으로 제 가슴을 두어 번 두들기더니 하늘로 올랐다. 안개와 구름을 뚫고 승천을 하는 모습은 일대 장관이었다.

법칙은 다르다 해도, 비구름은 똑같다.

─움직여, 빨리빨리! 우리 지호가 빨리 하래잖아!

청룡이 하늘에 의지를 투영하자, 여의주가 시린 빛을 발하면서 먹구름을 잔뜩 모았다. 삼도천의 범위를 벗어나지 않도록 조절을 하면서 그대로 비를 내렸다.

쏴아아아아아아!

삼도천이 다시 빠른 속도로 차오르기 시작했다.

'소호 등은 잘 가고 있을까?'

삼도천이 갑자기 메마른 큰 일이 터져 버렸으니. 아마 그들도 많이 당황했을 것이다.

하지만 이쪽으로 다시 돌아오거나 하지는 않으리라.

만나기로 약속한 장소가 있으니까.

지호는 바로 뭍으로 움직이지 않았다. 아직은 처리해야 할 일이 남아 있었다.

'이제 싸울 일은 없길 빌어야지.'

쉬고 싶은 마음이 간절했다. 만약 이때를 틈타 송제왕 등이 돌아와 기습을 가한다면 속절없이 당할 수도 있었다.

하지만 곤경에 처한 사람들이 있는 걸 알고도 무시할 수는 없지 않은가.

비가 계속 내리는 걸 확인하고 손을 허공으로 뻗었다. 청룡은 어느새 다시 여의봉으로 돌아와 손에 잡혔다.

공간을 그어 초강왕의 궁궐로 향하려던 그때,

화아아아아……!

"뭐지?"

지호는 갑자기 이상한 느낌이 들어 고개를 들었다.

폭우가 막 쏟아지고, 초강왕이 쓰러졌던 자리 위로 새카맣게 빛나는 뭔가가 솟아 지호 쪽으로 떨어지고 있었다.

찐득찐득하고, 뭔가 거북한 느낌.

하지만 뭔가 영혼을 찌르르 울리는 느낌이었다.

지호는 마지막 남은 신위까지 쥐어짜 화안금정을 활짝 열었다. 예지안을 열어 전지(全知)를 사용했다.

—색. 염라왕이 지녔던 일곱 가지 권능, 7개 대죄 중
하나. 색욕을 상징한다.

"뭐? 권능?"

지호는 정신이 번뜩 뜨이는 기분이었다.

혹시 사라질까 봐 손을 뻗어 인력으로 끌어당겨 손에 쥐었다.

그러자 거짓말처럼 검은빛이 사그라지고, 구슬이 나타났다. 마치 이승의 밤하늘을 옮겨 담은 것처럼 칠흑색으로 빛나는 구슬.

그런데 그 속에 웅크린 힘이 아주 짙다.

음습하면서도 깊고, 어두우면서도 묵직한 힘.

그런데 어딘가 낯이 익은데?

어디서 봤더라, 지호가 미간을 좁히며 생각을 더듬거리는데,

「음, 이건?」

「호오오. 이걸 다시 보게 될 줄이야. 신기하군.」

「그러게. 옛 생각이 절로 나.」

신위 안쪽에서 잠들었던 허신 몇몇이 깨어나 감탄을 터뜨렸다.

"이게 뭔지 아십니까?"

「알다마다. 모르면 간첩이지. 흘흘흘.」

짓궂은 웃음소리가 들렸다.

「그대가 지녔던 힘이 아닌가.」

"예?"

「허허. 사람, 놀라기는.」

「정확히는 려가 지녔던 힘이지.」

지호가 눈을 크게 떴다.

"하지만 이건 염라가 지녔던 것이라고……?"

「그대의 영혼이 샅샅이 부서져 흩어졌는데, 속에 있던 힘이야 어떻게 사용됐는지 누가 알겠는가? 다만, 죽은 망자들을 다스리는 데 용이하고, 세상 밑바닥에 갇힌 반고를 억누르기에 편하니 가져온 것이겠지. 다만, 제 힘이 아니니 일곱 개로 분류해 나눠 사용했던 모양이야.」

지호는 그제야 구슬 속에 담긴 힘이 려가 일어날 때 풍기던 마기와 많이 닮았다는 사실을 깨달았다.

초강왕이 권능을 갖고 있었을 줄이야.

뜻하지 않은 횡재에 기분이 묘했다.

「하지만 흡수할 생각은 말게. 세월이 너무 많이 지나면서 특성이 많이 변질해 버렸어. 자네 역시 려의 파편이라고는 하나, 이미 그때와는 달라진 몸. 빛의 신위를 지닌 자가 어둠의 권능을 받아들이면 어찌 되겠는가?」

"그건 그러네요."

지호는 옳은 말이라 여겨져 구슬을 아공간에 넣어 뒀다. 나중에 염라왕을 만나게 되거든 선물로 줘야겠다고 생각하면서.

'가 보자.'

그렇게 권능의 회수도 끝내고, 마저 일을 해야겠다는 생각에 여의봉을 다시 움직였다.

              *   *   *

허공을 비스듬하게 긋자, 너머로 완전히 망가지다시피 한 초강왕의 궁궐이 보였다. 안으로 들어가자 황량한 공기가 그를 맞았다.

이미 무희며 악사, 시비들이며 심지어 군사들까지 그새
모두 달아나고 없는지 궐은 조용했다.

지호는 감각을 확장시켜 주변을 샅샅이 뒤졌다.

아주 넓은 궁궐, 깊숙한 지하.

바들바들 떨고 있는 다수의 기척이 느껴졌다.

"여기구나."

쾅!

지호는 발에 잔뜩 힘을 주고 진각을 밟았다.

바닥이 그대로 쑥 꺼지면서 궐 아래에 마련된 비밀 감옥
까지 단번에 구멍을 냈다.

착!

지하 감옥에 착지하니 바들바들 떠는 기척의 주인들이
소리를 질러 댔다.

"제, 제발! 제발 그만해 주시오! 제발!"

"아이고, 대왕님! 저희가 무얼 잘못 했다고 어찌……!"

"쉰네들을 한 번만 살려 주십시오. 저승이 그토록 혼란
스러워져도 이런 경우는 한 번도 없었습니다아……."

"아니면 아이들만! 아이들만이라도……!"

공포에 잔뜩 젖은 목소리.

짙은 어둠 속에는 며칠 동안 밥도 제대로 먹지 못한 난쟁
이 노인들이 있었다.

현의옹과 탈의파. 뱃사공들은 여느 때와 마찬가지로 초
강왕이 찾아와 인질들을 데리러 온 줄 알고 있었다.

"그만 겁을 먹거라."

지호는 입을 열어 신의 목소리로 말했다.

따스한 마음이 전해진 것일까?

뱃사공들의 떨림이 눈에 띄게 줄었다.

"이제 삿된 신은 사라지고 이곳에 없음이니. 그
대들이 고역을 겪지 않도록 이 몸이 보호할 것이
니, 다시 고향으로 돌아가 생업에 종사할 수 있을
것이니라."

그때 탈의파 하나가 절뚝절뚝, 발을 끌며 나타났다. 주름
이 가득 진 얼굴로 물었다.

"다, 당신이 처, 천마이십니까……?"

지호는 고개를 끄덕였다.

"다들 그렇게 부르더군."

"하, 하면 제천대성의……?"

손오공?

지호는 의아하면서도 역시나 고개를 끄덕였다.

"이 몸의 전생이니라."

"아……!"

순간, 탈의파의 얼굴에 화색이 돌더니, 갑자기 눈가에 눈

물이 그렁그렁 맺혔다. 바닥에 주저앉아 울음을 터뜨렸다.

"아이고, 아이고!"

"제천대성 님이이이이임."

"감사합니다, 감사합니다!"

모든 뱃사공들이 울먹거린다.

지하 감옥은 삽시간에 눈물바다가 되었다.

그리고 강렬하게 풍기는 사념.

"우와! 여기는 또 뭐야? 난장판이잖아?"

"아, 거참 그만들 울라니까. 귀찮게끔. 무, 뭐, 그
렇다고 따, 딱히 너희들이 싫다거나 그런 건 아니
야."

"너네들이 진짜 저승을 지탱할 기둥들이잖아? 그
러니까 너무 걱정 마라. 곧 좋은 날이 찾아올 테니
까. 아니면 나 못 믿냐?"

아주 오래전. 손오공이 염라왕과 함께 뱃사공 마을에 들
른 적이 있었다.

그는 곧 혼란이 그칠 것이라 호언장담을 하며 뱃사공들

을 어루만지고, 힘겨운 그들의 일손을 도왔다.

그때의 마음이 아직까지 남아 있던 것이다.

"왜 이제야 오셨습니까, 왜 이제야……!"

가장 앞에 나섰던 탈의파는 때가 꼬질꼬질 낀 소맷자락으로 눈가를 훔쳤다.

특히 그녀는 손오공과 염라왕이 삼도천을 건널 수 있게 직접 도와준 사람이었다.

"그래도 당신이라면 다시 나타나실 줄 알았습니다. 당신이라면. 우리들을 구해 주실 거라 믿었습니다."

"그런가……."

의도치 않게 발견한 손오공의 흔적.

어쩌면 이것도 인과율이 맺어 준 운명일는지도.

**"혹 환자들이 있다면 이곳으로 데려오라. 우선
봐주마. 그리고 몸이 좀 괜찮은 이들은 떠날 차비
를 갖추도록 하고."**

뱃사공들이 바쁘게 뛰어다녔다.

꽤 오랜 시간 동안 제대로 먹지 못했는지 영양실조에 걸린 사람들이 많았다. 조금만 더 늦었더라면 아사했을지도 모르는 사람들.

지호는 신위를 사용하는 게 무리였지만 개의치 않고 신위를 일부 떼어다 그들에게 나눠 줬다.

환한 빛이 뱃사공들을 물들이니, 꺼멓던 안색들이 어느 정도 좋아졌다.

말로 다 표현 못할 이적.

뱃사공들이 감사의 눈물을 흘리며 감격에 젖어 부르르 몸을 떨 때, 지호는 환자들 사이를 다니면서 큰 상처와 병환을 쫓아 주었다.

처음 나섰던 탈의파가 옆에 달라붙어 지호의 시중을 들었다.

덕분에 지호는 도움을 받으면서 편하게 환자들을 보는 한편, 그녀와 많은 이야기를 주고받을 수 있었다.

"인질은 여기 있는 이가 전분가?"

"예. 다만, 간수들에게서 저 아래에 뭔가가 있다는 말은 들었습니다. 그게 사람인지, 물건인지는 모르겠습니다."

"아래에?"

탈의파가 고개를 끄덕였다.

"저희가 있는 곳보다 더 아래가 있는지는 모르겠지만, 아주 오래전부터 귀중하게 보호했다는 말을 어렴풋이 들은 적이 있습니다."

지호는 손으로 바닥을 쓸어 아래쪽을 살펴보았다.

아무것도 느껴지지 않는데?

뭔가 의아했지만 나중에 더 자세히 살펴보면 될 일이라

신경을 끄고 다른 걸 물었다.

"혹 전생의 이 몸과 염라가 근래 어찌 되었는지
알고 있는 바가 있는가?"

저승으로 와서 처음으로 만난 주민이다.

전지를 발휘하는 데 한계가 있으니 얻을 게 많았다.

"저, 저희들도 벽촌에 사는 무지한 것들이라 아는 것이
크게 많지 않습니다."

"조금이라도 아는 게 있다면 말해 보라."

탈의파는 조심스레 지호의 눈치를 보다가 쭈뼛대며 대답
했다.

"어디부터가 궁금하신지요?"

"전생의 이 몸이 처음 삼도천을 건넜을 때부
터."

"하면……."

탈의파는 어렵지 않다는 듯, 지난날 동안 있었던 일들에
대해서 쭉 이야기했다.

*   *   *

염라왕과 손오공이 뭍에 도착한 직후.

이미 저승은 혼란이 극에 달한 상태였다.

통제를 잃은 명부시왕이 각자 기치를 올리며 난리를 피워 대던 그때.

가장 크게 눈에 띄는 두 왕이 있었다.

진광왕과 오도전륜왕.

각각 명부시왕의 첫 번째와 열 번째에 해당하는 자들.

지옥의 처음과 마지막을 담당하는 이들답게 그들이 가진 힘은 다른 시왕들에 비할 바가 아니었다.

둘은 각자 지옥을 하나씩 틀어쥐어 기반으로 삼고, 십만 단위가 넘는 병력을 일으켜 극락을 포위했다.

지장불을 비롯한 저승의 마지막 보루는 그렇게 무너질 것만 같은 위급한 상황이었다. 망자들도 눈물을 흘리며 곧 다가올 혼란에 대비하려던 그때.

바로 그때, 나타났다.

염라왕과 손오공이.

염라왕과 손오공은 그야말로 구세주나 다름없었단다.

이미 모든 기능이 망가지다시피 한 저승을 위기로부터 구해 준 구세주.

특히 염라왕은 이승의 제약에서 벗어나 저승으로 돌아오자 무한한 힘을 발휘했다. 오래전에 그녀를 있게 했던 7가지 권능은 없을지라도, 그녀는 강했다.

그렇게 극락을 위험에서 구해 냈을 때.

저승은 환호했다.

드디어 돌아오셨구나.

우리들을 구제하시기 위해 먼 곳에서 돌아오셨구나.

염라왕은 사흘 밤낮 자신을 따르는 백성들과 함께 부둥켜안고, 울고 지새며 그들을 어루만지고 재기(再起)를 꿈꿨다.

그리고 들불처럼 일어나며 진광왕과 오도전륜왕을 밀어붙이기 시작했다.

저승이 울렸다.

하지만 극락을 중심으로 일어난 염라왕과 다르게 지옥 한복판에서도 다른 움직임이 일어나고 있었다.

천계를 덮치려 했으나 지호와 손오공이 저승 밑바닥으로 던져 버렸던 마신들.

통천교주가 고개를 든 것이다.

그들은 지옥의 중간 부분부터 무서운 속도로 치고 올라와 지상까지 점령하면서, 그렇지 않아도 혼란스러웠던 지옥을 다시 소란스럽게 만들었다.

도시왕의 목이 잘려 성 벽에 내걸리고, 그를 따르는 신하와 백성들이 모두 학살당했다.

이에 명부시왕 중 진광왕과 오도전륜왕을 제외한 다른 왕들은 모두 무릎을 꿇고 충성을 맹세했다.

지옥의 군주.

통천교주는 지옥을 독차지한 것으로도 모자라 저승 자체를 틀어쥐겠다는 듯, 여세를 계속 몰아 진군을 거듭했다.

통천교주와 염라왕.

둘의 충돌은 어느 한 치의 물러섬도 없는 팽팽한 접전의 연속이었다.

"세(勢)의 균형은 크게 통천교주와 염라왕, 그리고 진광왕과 오도전륜왕의 연합. 이렇게 세 개가 교묘한 대치를 이루고 있었습니다. 얼마나 교묘했던지, 쉽사리 어느 한 곳이 승기를 잡지 못했을 정도였지요. 균형추가 기울려고만 하면 다른 두 곳이 연합을 했습니다. 한데……."

탈의파는 열심히 설명하다 말고 잠시 멈칫거렸다.

속이 답답한 걸까, 아니면 목이 멘 걸까.

긴장한 듯 침을 꼴깍 삼키면서 지호의 눈치를 살짝 보기까지 한다.

불현듯, 지호는 이상한 불안감이 느껴졌다.

"한데?"

"한데, 갑자기 통천교주가 변했습니다."

"변······ 했다?"

탈의파는 무겁게 고개를 끄덕였다.

"예. 무슨 일이 있었는지는 모르겠습니다. 하지만 언제부턴가를 기점으로 염라왕께서 속수무책으로 밀려나시기만 하였습니다."

"마신 때문인가?"

"뭔가를 얻은 듯했습니다."

"뭔가를 얻었다고?"

지호는 미미하게 미간을 찌푸렸다.

"예. 하지만 소문만 무성할 뿐, 무엇인지는 알 수 없었습니다. 그리고 그것이 보이고 난 뒤부터······."

탈의파의 어깨가 살짝 움츠러들다 말을 이었다.

"제천대성이 사라지셨습니다."

"······!"

이것이구나.

불안감의 정체가!

"더 자세히 말해 보라."

"쇤네 같은 어리석은 노파가 뭘 알 수 있겠습니까? 다만, 제천대성께서 자취를 감추신 것과 비슷한 시기에 통천교주 측에서는 사흉이 같이 사라진 것을 두고 어떤 연관이 있지 않겠나 싶을 따름이었습니다."

"⋯⋯."

사흉과 함께 사라진 손오공.

이 부분이 가장 마음에 걸렸다.

하지만 지호가 당장 신경 써야 하는 부분은 따로 있었다.

"그럼 통천교주의 진격은, 어디까지 이뤄졌지?"

"쉰네가 어찌 알겠습니까마는."

탈의파가 슬픈 눈동자로 고개를 푹 숙였다.

"위험하다 하신 걸로 알고 있습니다."

지호는 손으로 얼굴을 덮었다.

현기증이 도는 것 같았다.

심장이 벌렁거리는 데다 피가 끓었다.

그렇게 마음을 차분하게 가라앉히길 잠시.

지호는 얼굴 위의 손을 겨우 쓸어내리며 침착한 말투로
물었다.

**"혹 삼도천을 마저 건너는 데 너희들의 도움을
받을 수 있겠느냐?"**

*   *   *

지호의 부탁에 따라 탈의파와 현의옹은 바쁘게 돌아다녔
다.

초강왕의 창고에 보관되어 있던 배를 꺼내며 수리에 들어가는 한편, 부상자들은 마을로 돌려보냈다.

"맡겨만 주십쇼! 어떻게든 나흘, 아니, 이틀 안에 저희들이 삼도천을 건널 수 있게 만들어 드리겠습니다!"

그들 역시 초강왕의 핍박으로 많이 괴로워 쉬고 싶을 텐데.
하지만 그들은 펄쩍 뛰며 손사래를 쳤다.

"천마께서 나타나지 않으셨다면 이런 게 가당키나 했겠습니까요! 그런 말씀일랑 하지 마십시오. 저희들도 어떻게든 이 모든 걸 바로잡고 싶은 마음이 굴뚝같습니다. 저희들이 곧 저승의 백성들과 다르지 않다는 것만 알아주십시오."

지호는 그들의 절절한 마음을 알 것 같았다.
그를 하루라도 빨리 염라왕에게 보내어 마신과 시왕들을 모두 때려눕혀 평화를 되찾고 싶은 것이리라.
그리고 시간이 조금 더 지났을 때.

배가 드디어 완성되었다.

"얼른 타십시오!"

보통 망자를 실은 배라고 해 봤자 타는 뱃사공은 하나.

하지만 지호의 배는 뱃사공 수십 명이 탈 수 있을 정도로 컸다.

쏴아아아!

배는 아주 신기했다.

삼도천 밑바닥에 있는 배를 어떻게 수면 위로 띄우는가 했더니, 둥근 막이 배 주변에 둘러쳐져 독수와 산성으로부터 배를 보호했다가 바깥 공기에 닿은 후에야 막이 사르르 사라졌다.

돛대가 자연스럽게 올라오고, 아주 큰 돛이 펄럭이면서 배가 내달리기 시작했다.

"어서어서 움직여!"

"느림보처럼 있지 말고 뛰어! 우리도 쓸모가 있다는 걸 천마께 보여 드려야지!"

키 작은 뱃사공들이 우다다 갑판 위를 바쁘게 돌아다니는 광경은 귀엽게 느껴질 정도였다.

하지만 뱃사공은 뱃사공.

그들이 몇 번씩 손을 대니 배는 여태 지호가 탔던 것과는 비교도 할 수 없을 정도로 빠르게 움직였다.

거센 파도를 단숨에 가르다시피 하며, 쏜살같이 달린다.

**"이 몸의 벗들 또한 삼도천을 건너고 있을 터인
데, 만날 수 있을까?"**

지호는 아직 삼도천 위에 있을 소호 금천들을 떠올렸지
만, 탈의파는 고개를 가로저었다.

"같은 삼도천이어도 항해로는 천차만별이라…… 아마
우연이 아니고서야 찾기 힘들 것입니다. 그래도 원하신다
면 찾아보겠습니다."

지호는 고개를 가로저었다.

"아니다."

어차피 물에서 보지 않는다면 흑승으로 바로 오겠지.

지호는 그들을 걱정하지 않았다.

걱정되는 것은 단 하나.

'나은…….'

사랑했고, 지금도 사랑하고 있을지 모를 여인뿐.

지호는 가만히 눈을 감으며 지친 체력을 되찾는 데 몰두
했다.

뱃사공들이 호언장담한대로, 지호는 단 이틀 만에 삼도
천을 모두 건널 수 있었다.

간만에 내딛는 뭍이 반가울 법도 하건만.

마음이 조급했기 때문인지 그런 생각이 들고 자시고 할 시간도 없었다.

"모두 고맙구나. 후에 모든 일이 끝나거든 사례
하도록 하마."

지호는 그런 말씀은 하지 말라며 펄쩍 뛰는 뱃사공들을 뒤로하고 내달렸다.

탈의파는 이틀 동안 저승의 지리나 습성에 대해서 많이 일러 줬다. 이승만 한 크기에 복잡하기는 더 복잡할 저승의 정보를 어떻게 다 숙지할까 싶었지만, 탈의파는 오랜 세월을 살아온 듯 많은 분야의 지식에 통달해 있었다.

덕분에 지호는 방향을 잡는 데 큰 무리가 없었다.

쐐애애애애애애액!

대지를 세게 질타하며 내달린다.

곳곳에 망가지다시피 한 모옥이며 관청들이 보인다. 건물들 태반이 휑했다.

아마 삼도천을 건너고 나면 다른 명부시왕들에게 재판을 받으려 여행을 하던 망자들이 머물던 곳이었으리라.

하지만 시왕들이 제 의무를 내팽개치면서 아무도 살지 않는 마을이 된 것이다.

곳곳에 숨은 인기척이 느껴지기도 했지만 대개 두려움에 떨고 있거나, 혹 다른 사람들의 눈에 띌까 싶어 몸을 숨기고 있는 이들이었다.

들키게 되면 자칫 강제 징병이 될 수 있기에.

이미 저승은 처참한 상황이었다.

혼란스럽기만 하다고 느꼈던 이승이 사실 평화로웠던 게 아닐까 싶을 정도로 도처가 망가져 있었다. 강물은 메마르거나 유황불이 흘러 마실 수가 없었고, 대지는 오래 가물었는지 퍼석퍼석했다. 하늘은 구름조차 모이지 않았다.

심지어 공기조차 폐가 타 버리는 게 아닐까 싶을 정도로 뜨거웠으니.

저승에 지옥과 극락만 있는 게 아님에도, 이미 이곳은 온통 지옥이나 다름없었다.

그것도 뜨겁기만 한 팔열지옥.

반면에 밤이 찾아왔을 때는 또 달랐다.

뜨겁게 타오르던 유황불은 땅 아래로 스며들어 사라지고, 메마른 황무지에는 짙은 서리가 내려앉았다. 공기는 싸늘하게 식어 살갗이 얼어붙을 정도였으니.

고통만이 남은 이곳을 과연 정말 제대로 된 세상이라고 할 수 있을까?

지호는 그렇게 한참을 내달리다, 어느 성곽에 다다를 수 있었다.

뭔가를 보호하려는 듯, 크게 일어난 성(城).

이승에서도 한 번 보지 못했을 만큼 높다. 남섬부주의 63빌딩 높이도 가뿐히 넘지 않을까?

"거기 누구냐! 허락이 없다면 야밤에는 아무도 못 움직일 것이라 누누이 일렀을 텐데!"

그때 성곽 위에서 보초를 서고 있던 이가 지호를 발견했는지 사자후를 내질렀다. 주변에는 이미 많은 병사들이 도열해 있었다.

지호는 화안금정을 활짝 열어 놈들 전체를 스캔했다.

이미 성문 뒤에는 그보다 더 많은 병사들이 응집해 있었다.

수만? 수십만?

헤아릴 수도 없을 만큼 많다.

하나같이 중무장한 병사들.

지호가 삼도천에서 상대했던 귀왕대보다도 더 강한 힘을 자랑하는 정예병. 품고 있는 기운이 저마다 다른 걸로 봐서는 소속은 제각각인 듯했다.

무언가를 지키고 있다기보다는, 기다리고 있는 듯한 모습. 전쟁을 준비하는 모습이다.

지호는 저들이 기다리고 있는 게 자신이라는 사실을 깨달았다.

초강왕이 당했으니 당연히 이곳으로 올 줄 예측하고 있

었단 거겠지.

하지만 지호는 저들의 준비를 다르게 받아들였다.

'맞게 왔구나.'

자신이 길이 틀리지 않았다는 것으로.

이곳이 바로 재판이 끝난 죄수들을 형벌에 처하기 위해
보내는 곳.

지옥으로 들어가는 입구, 지옥성이었다.

"멈추라 하지 않았더냐—!"

놈들이 뭐라 지껄이건 말건 간에,

쐐애애애애애애액!

지호는 화살처럼 성곽으로 날아들며 양손을 거세게 휘둘
렀다.

"휘몰아쳐라!"

콰르르르르르르릉!

양손을 앞으로 내뻗으며 소리치자, 양손에서 불길이 치
솟았다. 불 폭풍은 병사들의 머리 위가 아닌 성곽을 있는
힘껏 후려쳤다.

"저, 저, 저……!"

"미친!"

"넘어간다아아아아아아!"

"도망쳐어어어엇!"

성문이 열리자마자 진군을 시도하려던 병사들은 갑자기 성곽이 무너지면서 돌덩이가 우르르 자신들에게로 쏟아지자, 황망한 얼굴로 달아났다.

삽시간에 초토화된 전열을 뒤로하고, 지호는 그들의 머리 위를 통과하면서 가장 중심부까지 이르렀다.

널따랗고 평평한 대지 위, 넓은 우물처럼 볼록 튀어나온 것이 있었다. 하지만 우물은 철문으로 단단히 잠겨 있었다.

두 마리의 뱀이 서로 얽혀 있는 문장이 그려진 문.

지옥문이다!

지호는 있는 힘껏 지옥문을 밀었다.

끼이익—

하지만 문은 조금 열리다 말고 도로 닫혔다.

지호를 그냥 지옥으로 보낼 사람은 없었다.

"막아!"

"어떻게든 제압하란 말이다!"

좌륵, 좌르르륵!

무너진 성곽에서 비교적 멀쩡했던 군단이 일제히 달려들었다.

가장 외곽에 위치한 병사들은 끙끙 앓으면서 지옥문을

관리하는 장치를 잡아당기고 있었다. 어떻게든 버티고 서려는 눈치가 역력했다.

이대로 통과하기엔 조금 힘들단 말이지?

지호는 바짝 마른 입술을 혀로 축이고, 개방한 화안금정에 힘을 더욱 불어 넣었다.

찰나의 순간, 수많은 사념들이 머릿속으로 쏟아졌다.

「놈이 지옥으로 통과하게 둬서는 안 된다!」

「염라왕의 목이 떨어질 때가 다가왔다. 저승이 일통될 날도 얼마 남지 않았단 말이다. 놈이 전장에 도착하게 해서는 안 돼.」

「하지만 어떻게?」

「어떻게 막지? 저런 미친놈을?」

「젠장!」

「벌어먹을 제천대성! 네놈들은 결국 끝까지 우리를 힘들게 만드는구나!」

「군단이 전멸하는 한이 있더라도 어떻게든 막아라. 그렇지 않으면 놈에게 죽기 전에, 통천교주에게 죽게 될지도 모르니까!」

무수히 많은 정보 중에서.

유독 많이 지호에게 걸리는 게 있었다.

'염라가 위험하다고?'

통천교주가 염라왕을 많이 밀어붙였다는 건 알고 있었다.

그래서 삼장이 일러 준 대로 염라가 있을 흑승까지 최대한 빨리 도착하려 했던 것이고.

그런데 사태는 우려했던 것보다 더 위험한 듯했다.

흑승에 도착하지 못하도록 하라.

절대 방해하지 못하도록 발목을 묶어라.

이게 아마도 통천교주의 명령이었을 테지.

지호는 염라왕에 대한 정보를 풍기는 사념 중에서 하나를 특정하고, 손을 뻗어 인력을 이용해 이쪽으로 잡아당겼다. 초강왕이 잡혔을 때와 똑같은 느낌.

군단 너머에서 뭔가가 쑥 하고 빠져 지호의 손아귀에 잡힌 건 이미 지호도 알고 있는 놈이었다.

초강왕과 함께 연회에 있던 송제왕.

"……!"

송제왕은 자신이 어째서 지호의 손아귀에 목덜미가 붙잡혔는지 전혀 이해하지 못하고 소리 없는 경악을 내질렀다.

지호는 놈의 눈을 마주한 채 외쳤다.

"보여라!"

송제왕의 몸이 바짝 굳더니 영혼을 그대로 낱낱이 해체해 의식 밑바닥에 있는 것까지 싹 긁어냈다.

망막에 녀석의 일들이 맺혔다.

화아아아악!

*   *   *

송제왕이 다급하게 초강왕의 궁궐에서 도망친 뒤.

녀석이 변성왕과 같이 도착한 곳은 흑승. 통천교주가 있는 곳이었다.

"노, 놈은 생각했던 것보다 훨씬 강했습니다! 이를 어찌하면 좋겠습니까! 어찌하면……!"

─시끄럽도다.

병사들이 높게 세운 연(輦, 거대한 가마)에 관능적인 몸짓으로 다리를 꼬고 앉아 있던 통천교주는, 싸늘하게 그런 한마디를 던지고 다시 앞쪽으로 시선을 던졌다.

송제왕은 입을 꾹 다물었다.

억울한 마음이 가득했지만, 그렇다고 따졌다가는 초강왕과 같은 꼴이 될 게 뻔했다.

통천교주가 바라보고 있는 쪽은 한창 전쟁이 벌어지고 있는 중이었다.

불길이 타오르는 새카만 황무지였다.

붉은 불꽃이 아닌 까만 불꽃이 거칠게 타오르는 곳.

사이사이로 존재하는 풀이나 나무들은 칼날처럼 뾰족해서 걸어 다닐 수나 있을까 싶다.

하지만 통천교주의 병사들은 그런 불길과 뾰족한 풀 따위는 아랑곳 않고 뛰어다녔다. 그녀가 손가락질을 하는 방향이 곧 그들의 운명이 걷는 방향이었다.

"우와아아아아!"

시커먼 마기를 줄줄이 흘려 대는 병사들이 불길을 뚫고 도착한 곳은 어느 거대한 성곽.

등환처.

흑승 내에서 사람이 살 수 있는 몇 안 되는 도시.

지금은 염라왕이 결사항전을 벌이는 곳이기도 했다.

높은 사다리를 성곽에 걸쳐 올라가기를 시도하고, 아래로 충차를 끌어와 성문을 때려 댄다. 전형적인 옛 전쟁에서나 볼 수 있을 전투였다.

하지만 공략을 시도하는 통천교주 측은 진지했다.

직접 육박전을 시도할 뿐만 아니라, 선술을 쓸 수 있는 자들은 새로운 공세를 시도했다.

하늘에서 불꽃이 쉴 새 없이 쏟아지며 성곽을 무너뜨리려 하거나, 돌풍 따위가 쏟아져 성곽을 지키는 적군을 쓰러뜨리려 한다.

특히 72마신들은 기분 좋게 날뛰기까지 했다.

쾅! 콰쾅!

콰콰콰콰콰—

망량을 부리는 놈들은 하늘에 우뚝 서서 잿빛 안개를 내려 성곽을 뒤덮기도 하고, 어떤 녀석은 흉측한 모습을 한 지옥의 마물들을 대거 데려와 성곽에 충돌시켰다.

꾸우우우— 콰앙!

맘모스 같은 생김새를 지닌 마물들은 떼로 몰려 와 성벽에 있는 힘껏 부딪쳤다. 동시에 마물의 몸이 그대로 폭발하면서 강한 충격파가 성채를 흔들었다.

이대로는 방어를 제대로 하기도 전에 마물들의 자살 폭탄으로 성이 무너질 것 같았다.

콰르르르르르!

염라왕 측 병사들이 헐레벌떡 움직였다.

"젠장! 호혈상이 여기는 왜……!"

"지금 그딴 걸 신경 쓸 겨를이 어디 있나! 어서 막아야지!"

그때 우왕좌왕하던 염라왕 측 병사들을 누군가가 진두지휘했다.

"일 부대와 이 부대는 이곳을 맡고, 삼 부대는 나와 함께 아래로 내려간다!"

"복명!"

"복명!"

붉은 머리칼, 굳은 눈매. 한 손에는 기다란 언월도를 쥐고 있다.

나선 이는 태산왕이었다.

명부시왕 중 일곱째에 해당하며, 본래 염라왕의 가장 가까운 측근이었던 자.

염라왕이 손오공과 함께 저승으로 돌아오자 명부시왕 측에서 바로 염라왕 편으로 전향했으며, 위기에 내몰린 지금까지 의리를 지키고 있었다.

태산왕의 지시에 따라 병사 삼백 명이 동시에 성곽에서 뛰어내렸다.

꾸우우우우!

마물 호혈상이 거대한 몸집을 일으키며 갑자기 앞길을 가로막은 태산왕 등을 짓밟으려 한다.

"감히 마물 따위가!"

원래 태산왕은 과묵하기로는 저승에서 손꼽힐 정도로 말이 없는 편이었지만, 지금은 도저히 참을 수가 없는지 일갈을 내지르면서 언월도를 거칠게 휘둘렀다.

좌아아아아아악!

선상에 있던 호혈상이 떼거리로 몸이 잘려 나갔다.

태산왕은 자신이 왜 시왕 중에서도 맹장으로 통했는지를 보여 주려는 듯, 결사대와 함께 전장으로 돌진했다.

"모두 나를 따르라아아아아!"

와아아아아아!

태산왕과 결사대는 그야말로 일기당천, 혹은 만부부당이었다.

닥치는 모든 것들을 쓸어버리겠다는 듯 종횡무진 창과 칼을 휘둘러 대며 마신 측 병사들을 쓸어 낸다.

"어? 어어!"

"제길! 태산왕이라니! 컥!"

"끄아아아악!"

결국 한쪽 전열이 무너졌다.

태산왕이 피를 흠뻑 뒤집어쓰며 악귀나찰처럼 날뛰는 모습에, 마신들도 살짝 두려움에 찬 얼굴로 물러설 정도였다.

"감히 누가 있어 이 태산왕이 지키는 등환처에 발길을 들일 수 있단 말이냐아—!"

눈빛을 이글대며 언월도를 휘둘러 대는 모습. 기백이 사방으로 뻗쳐 나가며 어느 누구도 그에게 달려들 생각을 하지 못했다.

하지만,

"누구긴 누구야? 나지. 크흐흐흐흐!"

바로 그때 하늘에서부터 묵직한 뭔가가 유성처럼 떨어졌다.

콰아아아아아아아앙!

태산왕은 언월도를 높이 들어 겨우 공격을 막아 냈다.

자신보다도 머리 하나는 더 큰 덩치와 키. 익히 오랫동안 전장에서 많은 수하들의 목숨을 앗아 간 숙적이었다.

"바치……!"

"오냐. 우리 오늘이야말로 누가 더 강한지, 어디 한 번 결판을 내어 보자꾸나."

둘이 격전을 벌이는 동안, 다른 방면에서 다른 아수라왕들이 나타났다.

"호호호호호! 이거 너무 재미있어 보이는데?"

하늘에 있던 거라건타가 가냘픈 손을 가볍게 흔들자 수없이 많은 얼음 화살이 쏟아졌다. 동시에 대지를 감싸고 있던 불꽃도 어마어마하게 일어나 그대로 성곽을 덮치니, 많은 병사들은 가슴이 뻥 뚫린 채 아래로 우수수 떨어지고 말았다.

어디 그뿐이랴.

"음. 여기가 적당하겠군."

혼란스러운 전장 사이로 뒷짐을 진 채 느긋하게 걸어오

던 비마질다라는 위아래로 성곽을 훑어보더니, 천천히 대검을 뽑아 오른손에 쥐었다.

그리고 가볍게 휘둘렀다.

콰아아아아아— 콰아아아아아앙!

비마질다라의 힘은 어마어마했다.

성곽이 그대로 터져 버린 것으로도 모자라, 무너지기까지 했으니.

그 위에 있거나 아래에 있던 병사들이 무더기로 깔리고 말았다.

"서, 서, 성채가 무너졌다아아아아아!"

"막아라아아앗!"

"뚫어! 어떻게든 돌파하란 말이다아아!"

곧 뚫린 성곽으로 돌파를 하려는 이들과 막으려는 자들 사이에 거친 실랑이가 벌어졌다.

비마질다라는 너털웃음을 터뜨렸다.

"헛헛헛헛! 정말이지 저승의 공기는 이래서 마음에 들어! 너무 가슴이 뛰지 않는가 말이야!"

광기! 공포! 분노!

이 모든 것들이 그를 속시원하게 만들었다.

통천교주는 이 상황을 모두 지켜보면서도 눈 하나 깜빡

하지 않았다.

차디찬 그녀의 얼굴은 인형처럼 무뚝뚝했다.

―같이 가 볼 테냐?

"예?"

멍하니 세 아수라왕의 활약을 보던 송제왕이 퍼뜩 정신을 차렸다.

―지금 염라의 목을 취하러 갈 생각인데 말이다.

"……!"

송제왕이 놀라 눈을 부릅뜬 사이, 통천교주가 연에서 일어나 날개를 활짝 펼쳐 하늘 높이 올랐다. 송제왕도 바로 그 뒤를 따랐다.

통천교주는 전장 위를 통과, 천천히 안쪽에 착지했다.

탁!

"결국 여기까지 왔나?"

성채 안에는 지친 기색이 역력한 염라왕이 있었다.

그리고 짧은 시선의 교환 끝에,

콰아아아아앙!

누가 먼저랄 것도 없이 서로에게 달려들었다.

*　　　*　　　*

송제왕의 기억을 읽는 것은 그야말로 찰나.

'이게 언제지?'

지호는 메마르다시피 한 송제왕의 영혼을 마지막까지 긁어냈다.

'3시간 전?'

지호의 정신이 퍼뜩 뜨였다.

'아직 시간이 있어!'

놈들이 왜 이렇게 많은 병력을 이끌고 나타났는지도 알 것 같다.

조금만 더 있으면 흑승이 자신들의 손아귀에 떨어질 것 같으니 어떻게든 지호를 막으려 개수작을 부리는 것이다.

우두둑.

지호는 송제왕의 모가지를 꺾어 봉신을 완료한 뒤, 달려드는 놈들 위로 우보를 세게 밟았다.

두우우우우우웅!

세상이 정지했다.

'큭……!'

아직 초강왕 때 소모한 힘이 덜 찬 것일까.

입가로 피가 쏟아졌지만, 꾹 참으며 다시 우보를 밟았다.

억지로 움직이려던 병사들까지 단단히 옥죈다.

지호는 여의봉을 꺼내 공간을 길게 찢었다. 송제왕의 사념 속에 남아 있는 길을 특정하니 저 너머에 검은 불길이 활활 타오르는 흑승지옥이 나타났다.

송제왕의 사념 속에서도 읽은 적이 있던 등환처가 무너지고 있었다.

탁!

지호는 공간 너머로 몸을 던지며 소리쳤다.

"나은아아아아아아아ㅡ!"

54장

별이 지는 곳

좌악! 좌아악!

대검이 휘둘러질 때마다 수없이 많은 병사들이 피를 뿌리며 쓰러진다.

비마질다라는 광소를 터뜨렸다.

"그래! 이거지! 이것이고말고!"

자신이 지옥을 좋아하는 이유.

싸우고, 베고, 죽일 수 있기 때문이 아니던가!

"하하하하하하하!"

비마질다라는 즐거워 죽을 것만 같았다.

대체 얼마나 휘둘러 댄 것일까?

그의 주변은 온통 죽은 시신들만 가득했다.

"으으……! 으으으으으!"

"저, 저걸 대체 어떻게 이, 이기라고……?"

병사들은 누구 하나 비마질다라 근처에 다가가지 못한 채 뒷걸음질을 쳤다.

염라왕을 따라 어떻게든 등환처를 지켜야 한다는 사명에 똘똘 뭉친 그들이었지만, 비마질다라가 내뿜는 광기와 마기는 머릿속을 새하얗게 만들었다.

흉신악살(凶神惡煞).

기괴하게 일그러진 그의 얼굴을 가리키는 단어 중 이보다 더 잘 어울리는 말도 없으리라.

성큼, 성큼, 비마질다라가 걸음을 옮긴다.

"누구냐? 또 누가 나를 만족시켜 줄 테냐?"

그럴수록 병사들이 멀찍이 물러선다.

"너냐?"

지목을 받은 병사가 몸을 부르르 떨더니 악의를 감당하지 못하고 주저앉는다.

"아님, 너냐?"

"으, 으아아아아아!"

무기를 버리고 전열을 이탈하려는 자들까지.

아수라장이 되어 버린 전장에서, 아수라왕인 그는 이미

전장의 지배자나 다름없었다.

"다들 패기가 너무 없구먼."

비마질다라는 마음에 안 든단 듯이 고개를 절레절레 젓더니, 이내 악동 같이 개구진 미소를 폈다.

"하면 내가 직접 헤집고 다니는 수밖에."

비마질다라가 대검을 높이 들었다.

무지막지한 마기가 검날 위에 덧대어지더니 다시 돌풍을 일으키려는 순간,

콰아아아아아아앙!

"음?"

갑자기 저만치 먼 곳에서 일어난 폭발이 비마질다라의 마기를 다 씻고 지나갔다.

"에잉. 이래서는 흥이 식어 버리는데."

비마질다라가 시선을 돌린 곳에는 통천교주와 염라왕이 싸움을 벌이는 중이었다.

스스스스스스!

하늘을 따라 시커먼 어둠을 몰고 다니며 날개를 펄럭일 때마다 어둠이 비처럼 쏟아진다.

닿는 모든 걸 집어삼키고 사라지게 만드는 모습은, 이미 통천교주가 소싯적의 힘을 거의 되찾았다는 것을 증명하고 있었다.

옥황상제가 다스리는 천계에 반역을 일으켰던 바로 그때로!

콰콰콰콰콰콰!

수없이 빗발치는 어둠의 잔영 속에서, 염라왕은 홀로 검은 불길을 피워 공격을 막아 내기에 급급했다.

이미 그녀는 지친 기색이 역력했다.

입고 있던 옷은 넝마가 되어 상처가 가득하고, 피를 너무 많이 흘려 서 있는 것조차 위태로워 보인다.

특히 체내에 스며든 어둠이란 독이 그녀의 신성을 잠재우고 영혼까지 좀먹어 가고 있으니. 신위까지 흔들릴 정도로 위태로운 상황이었다.

아아, 저런 모습을 두고 누가 과거 지옥을 호령하던 염라왕을 떠올릴 수 있을까?

그녀가 잃어버린 7가지 권능의 공백은 그만큼 컸다.

어떻게든 그중 하나는 되찾을 수 있었지만, 그래도 통천교주를 홀로 감당하기엔 역부족이었다.

지금 그녀가 다룰 수 있는 힘이라고 해 봤자 고작 지옥불이 전부였으니.

"대왕!"

"어, 어떻게든 우리가 손을 써야……!"

많은 신하들이 어떻게든 염라왕을 구출하고자 기회를 엿

보려 했지만,

"미안하지만 그건 안 되겠구만."

비마질다라가 귀신같이 놈들의 속셈을 알아채고 나타나
베어 버렸다.

촤아아악!

"우리 여왕님께서 지금 너무 즐거워 보이셔서 말이야."

결국 아무도 염라왕에게 닿지 못했다.

통천교주가 날개를 활짝 펼쳤다.

—실망이로군. 그래도 화려하게 저승으로 돌아와 잔뜩 기
대를 했더니. 기대에 한참을 못 미쳐. 이것으로 확실해졌도
다. 그대는, 저승의 왕이 될 자격이 없느니라.

"닥…… 쳐!"

쌔액, 쌔액, 염라왕은 얕게 숨을 몰아쉬면서 인상을 찌그
렸다.

검은 불꽃이 발치를 따라 뱅글뱅글 돌면서 보호막을 형
성했지만, 이조차도 언제 꺼질지 몰라 위태롭기만 했다.

저 멀리, 어둠이 깔린 하늘에 맺힌 한 쌍의 눈동자가 보
인다.

흰 동공과 검은 자위를 지닌 눈.

—아니면 예전처럼 도움의 손길을 빌리는 건 어떠한가?
이를테면…… 낭군이라거나?

"닥……! 쿨럭!"

염라왕이 뭐라고 소리를 치려는데, 갑자기 그녀의 입가를 따라 거친 핏물이 토해졌다.

떨리는 얼굴로 아래를 내려다본다.

뽀얗고 기다란 손이 그녀의 가슴팍을 뚫고 나오고 있었다.

스스스.

염라왕을 따라 흑색 아지랑이가 감돌더니 통천교주가 찰싹 달라붙은 채로 나타났다. 통천교주는 염라왕의 심장을 뚫은 상태 그대로, 다른 손을 들어 그녀의 얼굴을 매만졌다.

―참으로 부럽고 부러운 얼굴이로다. 참으로 아름답구나. 어떠하냐? 지금이라도 내 밑에 종사(從事)를 하겠노라 다짐한다면, 그대를 중용할 의사가 있다만?

"난…… 왕이다."

―뜻이 그러하다면 어쩔 수 없지.

통천교주는 염라왕의 가슴팍에서 손을 거칠게 뽑았다. 그녀의 손에는 검은 구슬이 쥐어져 있었다.

염라왕이 거뒀던 권능. 식(食)이었다.

푸화악!

염라왕이 다시 피를 쏟으며 제자리에 고꾸라진다.

통천교주는 흡족한 얼굴로 미소를 폈다.

―이걸로 여섯 개째. 이제 하나만 남았나?

염라왕은 몸을 바들바들 떨었다.

그녀의 권능은 심장이나 다름없던 것.

심장이 사라졌으니 제아무리 신이라 해도 살기 힘들 수밖에 없다.

신위가 꺼져 가는 격통에, 염라왕은 손으로 폐부를 쥐어짜는 듯 아무 말도 할 수 없었다.

―이만 끝내자꾸나.

통천교주는 흥이 다 식은 얼굴로 손을 높이 들었다.

손날이 시린 빛을 발한다.

"대왕!"

"피하십시오, 대왕!"

신하들의 구슬픈 외침을 뒤로하고, 통천교주가 손날을 내려치려는 순간,

"나은아아아아아아아―!"

전장을 쩌렁쩌렁하게 울리는 목소리.

일순, 통천교주의 손날이 염라왕의 목덜미 근처에서 멈췄다.

"안…… 돼……! 오면…… 안 돼…….."

염라왕은 힘겨운 목소리로 중얼거렸지만 그 말을 끝으로

더 이상 목소리가 나오지 않았다.

통천교주는 숙였던 상체를 다시 꼿꼿하게 세우며 소리가 들린 쪽으로 고개를 돌렸다. 인형처럼 차갑기만 하던 입가에 살짝 미소가 감돌았다.

싸늘한 미소가.

―왔구나. 드디어.

*　　*　　*

전장에 들어서는 순간, 지호는 숨이 턱 하고 막혔다.

광기.

분노.

통곡.

온갖 악의적인 감정들이 소용돌이치고 있었다.

그렇지 않아도 수많은 사념들이 뜨고 지는 지옥이건만.

거기에 덧대진 수많은 감정들은 화안금정을 활짝 열어 놓은 지호의 정신을 어지럽게 만들었다.

하지만 덕분에 지호는 아주 짧은 순간에 전장의 모든 걸 이해할 수가 있었다.

등환처를 공략하는 마신 진영.

태산왕과 바치.

하늘에서 해일을 일으키는 거라건타.

광소를 터뜨리는 비마질다라.

그리고,

죽어 가는…… 염라왕.

어딜 보더라도 이미 전장은 돌이킬 수 없는 상태였다. 모든 게 끝났다. 통천교주는 여섯 번째 권능을 손에 쥐었고, 저승의 왕이 되기 일보직전이었다.

하지만 지호는 가차 없이 몸을 날렸다.

이제는 저승 따윈 아무래도 상관없었다.

염라왕만 구할 수 있다면. 이나은만 구할 수 있다면. 다른 건 아무래도 좋았다.

콰아아아아아아아앙!

대지를 거세게 박차며 염라왕이 있는 곳까지 몸을 날렸다.

바로 그때 공간을 가르며 불쑥 앞으로 뭔가가 나타났다.

지호는 본능적으로 몸을 틀면서 여의봉으로 그것을 옆으로 쳐 냈다.

차아아아아아앙!

격돌한 자리로 파문이 넓게 그려졌다. 황금색과 검은색으로 뒤범벅이 된 후폭풍이 주변에 있던 병사들을 깡그리 쓸어 내고, 구덩이가 깊게 내려앉았다.

"크아아악!"

"으, 으아아악!"

병사들은 비명을 지르다가도 숨이 턱 하고 막혀 목소리가 나오질 않았다.

휘이이이이이이이!

이미 전장은 고요해진 뒤였다.

지호와 비마질다라가 내뿜는 투기가 이미 전장 전체를 뒤덮으면서 모든 이들의 영혼을 강하게 옥죈 것이다. 조금이라도 움직이면 당장 목이 떨어질 것 같은 서늘한 기운이 감돌아 움직일 수가 없었다.

지호는 자세를 바로잡으면서 감히 자신의 앞을 가로막은 자를 노려봤다.

비마질다라가 길게 검을 아래로 내려뜨리면서 너털웃음을 터뜨렸다.

"허허허허허허! 자네와는 언제고 간에 한 번 제대로 싸워 보고 싶었지. 여태 내가 인정한 건 제천대성 하나뿐이었는데, 자네는 어떨까?"

그러면서 바싹 마른 입술을 혀로 축이기까지 한다.

맛난 먹잇감을 두고 잔뜩 기대에 달아오른 야수의 모습.

두 눈에 맺힌 광기가 지호의 심기를 건드렸다.

화안금정이 싸늘하게 식었다.

분노가 극에 달하면 오히려 차분하게 가라앉는 법이었다.

"비켜."

"싫다면 어쩔 텐가?"

비마질다라가 히죽 웃는다.

천계에서 같이 장난쳤을 때를 떠올리게 하는 웃음이었다.

"비키라고."

"싫네만."

"그럼 죽든가."

지호와 비마질다라는 누가 먼저랄 것도 없이 동시에 몸을 날렸다.

여의봉은 횡대로, 대검은 종대로.

서로의 목을 쓸어 가려던 그때, 갑자기 하늘에서 벼락처럼 흑색 아지랑이가 내려 꽂혔다.

터어어어어엉!

―거기까지. 이제 전쟁은 끝났다.

지호는 또 한 번 방해를 받자 새로 끼어든 쪽을 노려봤다.

염라왕이 각혈을 하는 자리.

거리는 멀어도 아주 가까운 곳에 있는 것처럼 통천교주

의 얼굴이 선명하게 잘 보인다.

비마질다라가 인상을 잔뜩 구기며 짐승처럼 으르렁거렸
다. 두 눈은 방해를 한다면 너도 같이 물어뜯어 버리겠다는
듯 광기를 줄줄 흘려 댔다.

"이게 무슨 짓이냐? 방해를 할 셈이냐?"

ー그런 무의미한 싸움은 용납지 않겠다. 너의 즐거움은 다
음으로 미뤄라.

"……."

하지만 비마질다라는 받아들이지 못하겠다는 분위기였
다.

통천교주의 한쪽 눈썹이 꿈틀거린다.

ー계약을 어길 셈인가, 비마질다라?

그 말이 통한 것일까?

푸쉬쉬, 바람 빠지는 소리가 나더니 비마질다라의 눈가
에서 광기가 사라졌다. 소용돌이치던 마기도 풀렸다.

철컥!

비마질다라는 쓰게 웃으면서 조용히 납검했다.

"아무래도 우리의 싸움은 다음으로 미뤄야겠구만. 여왕
께서 더 이상 난리를 피우지 말라고 하시니."

그러면서 걸음을 옮겨 전장을 이탈한다.

지호는 그런 놈들을 붙잡지 않았다.

"뭐야? 이걸로 끝이야? 난 이제 막 재미있어지던 참이었는데!"

"쿵! 찝찝하구먼."

거라건타와 바치는 고개를 절레절레 젓다가 이내 뒤를 따랐다. 다른 마신들과 병사들도 몸을 돌리며 공간을 열어 자취를 감췄다.

통천교주만은 마지막까지 남아 지호와 눈을 마주쳤다. 그녀의 두 눈동자에는 알 수 없는 감정들이 여럿 뒤섞이다가 차분하게 가라앉았다. 그리고 그녀도 훌쩍 떠났다.

모든 것이 갑자기 끝나 버린 자리.

지호는 염라왕이 있는 곳으로 뛰어가 그녀를 와락 끌어안았다.

* * *

등환처는 말 그대로 '지옥'이 되었다.

"으아아악! 아악!"

"들것! 여기 들것 좀 가져와! 어서!"

"여기 피가 멈추지 않아! 누가 좀 여기 좀 잡아줘!"

"제기랄! 의원은? 의원은 어디로 간 거야?"

아비규환이 따로 없었다.

곳곳에서 도움의 손길을 필요로 하는 요청이 울렸고, 부상자들은 고통에 찬 신음 소리를 내뱉었다.

전쟁이 휩쓸고 지나간 자리.

패배를 하고 만 진영은 모든 것이 황폐화되고 말았다.

육신도, 영혼도.

지호는 의원들 사이에 끼어 부상자들을 나르는 데 한 손을 보탰다.

하지만 아무리 그렇다고 해도 한계가 있을 수밖에 없는 법.

얼굴에는 금세 피곤함이 묻었다.

"……하아!"

지호는 정신없이 휩쓸려 다니다 문득 상체를 일으켜 주변을 둘러봤다.

여태껏 구슬 너머로만 봤던 저승의 상황은, 직접 보는 것이 훨씬 위협적이었다. 안색이 금세 수척해졌다.

하지만 그것도 잠시.

지호는 다시 바쁘게 뛰어다녔다.

당장 크게 뭔가를 바꿀 수는 없어도 조금이나마 도움이 되어 주고 싶었다.

"대왕께서 찾으십니다."

지호에게 사람이 찾아온 건 그로부터 사흘 정도가 더 지났을 무렵이었다.

녀석은 스스로를 대산홍이라고 밝혔다.

염라왕을 보좌하는 세 판관 중 수좌에 앉아 있는 자.

하지만 지호를 보는 눈길에는 왠지 적의가 느껴졌다.

"나은이?"

아니나 다를까.

대산홍의 안색이 살짝 굳어졌다. 녀석은 고개를 숙이고
소매를 높이 들어 얼굴을 살짝 가리며 말했다.

"주제넘지만 한 가지 말씀을 드려도 되겠습니까?"

"아니. 하지 마."

"……예?"

전혀 생각지도 못한 대답에 대산홍의 얼굴에 당혹하는
기색이 어렸다.

"주제넘게 정겹게 부르지 말라고 하려는 거잖아. 껄떡대
지 말라고. 앞장이나 서."

"……."

대산홍은 잠시 얼어 버렸다.

지호가 피식 웃었다.

"안 가?"

"……따라오시지요."

언제나 엄숙하고 진지하게만 살아왔던 대산홍으로서 지

호는 도무지 종잡을 수가 없는 사람이었다.

부처들을 몽땅 도륙 낸 흉신이라더니.

어째 손오공을 많이 닮았다.

대산홍은 어쩌면 사라진 손오공보다 더 골치 아픈 녀석이 등장한 것일지도 모르겠다는 노파심을 안은 채, 길을 열었다.

지호는 조용히 그 뒤를 따랐다.

전쟁이 끝난 뒤, 염라왕은 모든 사람들을 물리고 누구의 접근도 허락지 않았다.

심장이 박살 나고 권능을 뺏기면서 몸을 치료하고 회복하는 데 상당한 시간을 필요로 했다. 영혼을 추슬러야만 하는 일이었기에 지호의 도움도 딱 잘라 거절했었다.

그러다 이렇게 사람을 보낸 걸 보니 어느 정도 회복한 것일까.

지호와 대산홍은 이미 야전병원이 되다시피 한 등환처를 한참 가로지르다, 가장 후미에 위치한 전각에 도착했다.

원래대로라면 어마어마한 크기와 화려한 양식을 자랑했을 건물은 전쟁의 여파로 반쯤 무너지다시피 해 곳곳에 그을음이 남아 있었다.

정문에는 험상궂은 인상을 자랑하는 사내가 우뚝 서 있었다.

쿵!

태산왕은 손에 쥐고 있던 창으로 대지를 세게 찍으며 지호와 대산홍의 앞을 막았다.

부리부리한 눈매가 지호를 한껏 노려본다.

녀석은 지호에 대한 적의를 숨기지 않았다.

"어딜 가려 하시오?"

지호와 태산왕의 시선이 마주쳤다.

하지만 대답은 대산홍이 대신했다.

"대왕께서 이자를 찾으셨소."

"지금 염라께서는 심신이 많이 약해지신 상태. 아무리 찾으신다 하여도 어중이떠중이를 들여서는 아니 될 것이 아닌가?"

태산왕은 유독 '어중이떠중이'라는 말에 힘을 줬다.

지호는 적의 가득한 태산왕의 눈동자 저 밑에 깔린 감정의 소용돌이를 읽을 수 있었다.

원망.

그리고 질투.

'이 사람은 나은을 사랑하고 있구나.'

태산왕은 천마나 되는 자가 상황이 이 지경이 되어서야 나타난 것에 대해 원망과 분노를 품고 있었고, 한편으로는 염라왕이 정신을 차리자마자 찾은 사람이 자신이 아니라는 사실에 시기와 질투, 그리고 좌절을 안고 있었다.

아마도 이 사람은 아주 오랫동안 염라왕을 연모해 왔던 것이리라.

보통 사람은 생각하기도 힘들 만큼 오랜 시간을.

하지만 지호 역시 마음이 그에 못지않다고 자신하고 있었다.

"이만 길을 열어 주시지요, 태산왕."

대산홍이 몇 번이고 거듭해서 설득을 한 후에야, 태산왕은 자리를 비켜 주었다. 그러면서도 여전히 시선은 지호에게 못 박혀 떨어지질 않았다.

둘은 전각에 발을 들이고도 한참을 더 들어가다, 일정한 지점에 다다르자 대산홍이 옆으로 물러섰다.

"이대로 쭉 앞으로 가셔서 모퉁이를 한 번 돌면 정면에 바로 방이 하나 보일 것입니다. 이 앞에서부터 허락된 것은 손님뿐이시니, 저는 이만 물러가겠습니다."

대산홍은 예의와 함께 한 발 물러서려 했다.

그런 그를 지호가 붙잡았다.

"가기 전에 한 가지만 물어도 될까?"

"……하시지요."

"너희는, 역시 내가 싫겠지?"

"……."

"내가 너무 늦게 왔……."

"뭔가 착각을 하시나 봅니다."

지호는 눈을 동그랗게 떴다.

대산홍은 여태 접견을 하는 판관의 모습이 아닌, 전장에
선 장수의 눈을 하고 있었다.

"우리가 당신이 꺼린 것은 어디까지나 항상 굳건하셨던
대왕의 심기를 흩트리는 자가 나타났기에 그러는 것일 뿐.
애초 우리는 다른 자의 도움 따윈 필요도, 요청을 한 적도
없습니다. 대왕을 모신다는 것만으로도 우리는 최강이니.
만약 우리를 동정하시는 거라면……."

대산홍은 호흡을 살짝 골랐다가 송곳니를 훤히 드러냈
다.

"꺼져 버려."

"……."

잠시간 지호와 대산홍 사이에 침묵이 감돈다.

그런데,

피식.

지호가 바람 빠지는 소리를 냈다.

"좋아. 그런 대답이면."

"……?"

대산홍은 도저히 지호의 속내를 읽을 수가 없어 인상을

살짝 좁혔다.

하지만 그러거나 말거나 지호는 이미 성큼성큼 복도를 지난 뒤였다.

과연 대산홍은 알까?

지호는 그저 그들의 마음을 알고 싶은 것뿐이었다는 걸.

만약 짙은 패배감에 원망을 지호에게로 돌리는 중이었다면,

'그냥 나은만 데리고 나왔겠지.'

저승 따윈 더 이상 어떻게 되든 신경 쓰지 않았을 것이다.

당장 그에게는 염라왕의 안위가 전부였으니까.

이런 곳에 그녀를 둔다는 것부터가 위험할지도 몰랐다. 책임감이 강한 여자니 끝까지 남으려 할 테고, 그래서는 마신의 남은 공세를 감당하지 못하고 끝내 스러지고 말 터였다.

하지만 이런 사람들이라면.

염라왕을 모시는 데 자긍심을 느끼고, 여전히 의욕이 끊어지지 않는 자들이라면. 태산왕과 대산홍 같은 자들이 많다면 끝까지 믿고 맡길 만하지 않을까?

지호는 조금 놓인 마음을 안고 모퉁이를 돌아 어느 큰 문 앞에 섰다.

들어간다는 말도 없이 그냥 문을 활짝 열었다.

그러자 안에서 바쁘게 돌아다니던 시녀들이 화들짝 놀랐다.

어수선하게 청소하던 시녀, 염라왕의 창백한 안색을 가려 주기 위해 치장을 돕던 시녀, 문가에 선 시녀까지 전부.

하긴 아무리 들어오라고 했다지만 이렇게 숙녀의 방을 불쑥 여는 것부터가 예의에 한참 어긋나는 일이었다.

지호는 그걸 노린 듯 악동 같이 씩 웃어 보였지만.

염라왕은 그런 지호가 얄밉다는 듯 살짝 눈살을 찌푸리다 시녀들에게 말했다.

"난 괜찮으니, 다들 나가 있어라."

시녀들은 고개를 숙이고 쏜살같이 방을 나섰다.

지호는 성큼 저기 먼 곳에 있는 침상까지 방을 가로질렀다. 염라왕의 방은 웬만한 집보다도 훨씬 컸다. 향긋한 여자의 향이 코끝을 찌른다.

"그대는…… 여전하군."

"그렇지?"

"그래. 그리고……!"

염라왕은 길게 말을 잇지 못했다.

갑자기 불쑥 다가오는 지호의 얼굴.

입술과 입술이 마주 포개졌다.

그러다 다시 떨어진다.

"……무례하고."

염라왕은 힐난하는 시선으로 지호를 노려봤다.

하지만 지호는 그런 그녀가 예쁘기만 했다.

"아직 무례하단 소리를 듣긴 이른데."

그리고 손을 뻗어 하얀 도자기 같은 얼굴을 매만지고, 귓가를 쓰다듬으며, 머리 뒤쪽으로 손을 가져갔다. 그리고 다시 입술을 포갰다.

마치 허기진 짐승이 먹이를 탐하듯 서로의 입술을 탐한다. 이가 상대의 입술을 깨물고, 혀가 서로를 농락한다.

둘은 서로를 끌어안으며 한참 동안 그렇게 있었다.

오랫동안 보지 못했던 세월을 갈구하듯.

각자가 놓인 상황에 어쩔 수 없이 마음 저편에 묻어 둬야만 했던 감정들이 봇물처럼 터져 나왔다.

지호의 눈가가 촉촉하게 젖었다.

서로가 입술을 뗀 건 한참 뒤였다.

염라왕은 여전히 못마땅해하는 기색 그대로였다.

"아픈 병자를 상대로 이런 짓이라니. 정말 못돼 빠졌구나. 예나 지금이나 배려란 게 눈곱만큼도 없어."

"응? 그것도 배려한 건데?"

"……?"

"안 아팠으면 바로 덮쳤지."

지호가 생글생글 웃었다.

능글맞기 짝이 없는 웃음.

"……짐승 같으니."

"부족해? 한 번 더 할까?"

"성욕이나 채울 생각이라면 그냥 사라져라."

"푸하하핫!"

지호는 크게 웃음을 터뜨렸다.

확실히 염라왕은 이나은과 다른 것 같으면서도 같은 사람이었다.

이나은도 처음 만났을 때는 저렇게 얼음장 같았으니.

약간 다른 점이 있다면 독설이 조금 심해졌다는 거?

하지만 반대로 부끄러워하는 것도 더 커졌다.

애써 무덤덤한 표정을 지으려 하지만, 귓불이 빨개지는 것만큼은 막을 수 없었다.

아마 그녀를 아는 사람들이라면 모두 놀랐으리라.

어지러운 저승을 수습하느라 뛰어다니던 백여 년의 세월 동안, 그녀가 이런 모습을 보여 준 적은 한 번도 없었으니까.

지호는 한편으로 예전 생각이 나 가슴이 시큰거렸다.

"몸은 좀 어때?"

"어차피 이 정도 상처쯤은 예전부터 숱하게 겪던 것이다. 마지막 남은 권능을 빼앗긴 게 안타깝긴 하지만, 그것이야 목숨을 부지하고 내 사람만 곁에 남아 있다면 얼마든지 다시 되찾을 수 있는 것이지."

염라왕은 아직 포기할 생각이 전혀 없었다.

권능이 없어졌다고 해도 힘까지 전부 사라진 건 아니니까.

어차피 처음 저승으로 돌아왔을 때는 이보다 더 암담했었다.

"하지만 당장 이런 몸으로 뭔가를 하기란 힘이 들 테지. 반면에 통천교주는 여세를 몰아 저승을 오롯이 손에 넣으려 할 테고. 해서 그대에게 부탁이 있다."

"뭔데? 말해 봐. 뭐든지 들어줄게."

"등환처의 사람들……."

염라왕은 숨을 고르다 말을 이었다.

"당분간만이라도 그대가 거두어 주었으면 한다."

*　　　*　　　*

─이제부터 차후의 일에 대해서 논의토록 하지.

절교 진영이 등환처를 나와 도착한 곳.

한때 무간지옥이라 불렸으며, 지은 죄가 너무 많아 윤회의 고리에서 탈락한 죄인들을 가둬 두던 감옥에는 거대한 성채가 하나 있었다.

벽유궁.

그들의 터전이.

통천교주는 귀환하자마자 병사들이 휴식을 돌릴 새도 없이 마신들을 소집해 그런 말을 툭 던졌다.

어차피 마신들이란 대개 쾌락을 좇는 존재들.

싸우거나, 갖거나, 취하는 것을 아주 좋아한다.

휴식?

그런 건 정말 할 것이 없을 때나 하는 것일 뿐.

온갖 오락거리가 넘쳐 나는 저승에서 그러고 있을 이유는 전혀 없었다.

'크으…… 괴물 같은 것들……!'

끌려오다시피 하며 온 오관왕은 인상을 와락 일그러뜨렸다.

녀석들이 숨기지 않고 대놓고 흘리는 사념을 읽고 만 것이다.

"논의는 무슨. 어차피 자기 멋대로 할 것 아닌가."

그때 피식, 누군가가 입에서 바람 빠지는 소리를 냈다.

통천교주를 비롯한 마신들의 시선이 그리로 쏠렸다.

오관왕 역시 '어떤 미친놈이?'라는 심정으로 고개를 돌렸다. 7가지 권능 중 6개를 가지게 된 통천교주를 두고 저런 태도라니.

하지만 말을 내뱉은 녀석의 얼굴을 확인하고는 순간 그렇겠거니, 하는 생각이 들었다.

불꽃처럼 타오르는 적발을 지닌 사내.

풍기는 위세 하나만큼은 통천교주에 비견될 만큼 절대 약하지 않았다.

혼돈 환두.

그가 어느새 나타나 기세를 흘리자, 마신들은 모두 그에게 발언권을 양보했다.

그만큼 사흉이 차지하는 위치가 높다는 증거였다.

게다가 그에 비견될 만한 비마질다라를 비롯한 아수라왕들은 고요히 그를 지켜보고만 있을 뿐, 방해할 생각은 없는 듯했다.

─그대가 갑자기 어쩐 일이지? 아직 아래쪽에서의 일이 끝나지 않았을 텐데?

혼돈은 어깨를 으쓱거렸다.

"길을 뚫는 게 어디 좀 험해야 말이지. 나는 세상에 그렇게 많은 마물들은 처음 봤어. 강하기도 하고. 세상 밑바닥까지 들어간다는 게 그리 쉽지는 않더군. 그러다 네가 드디어 재미난 일을 해냈다는 말을 들어서 말이지."

―재미라.

통천교주는 싸늘하게 식은 눈동자로 말했다.

―그대들에게는 이 모든 것들이 그저 단순한 재미로만 느껴지나 보지?

가아아아아!

영혼이 찢어지는 절규가 곳곳에 울렸다.

마신들도 소름 끼치게 만들 정도의 힘.

하지만 혼돈은 태연했다.

아니, 오히려 귀가 간지럽다는 듯, 새끼손가락으로 귓구멍을 파면서 뭐하냐는 얼굴로 쳐다봤다.

통천교주의 눈이 가느다랗게 좁혀졌다.

―험하다더니. 이미 창조의 파편을 얻었군.

"정답."

일순, 혼돈의 눈동자에 광기가 어렸다.

탐욕에 젖은 눈동자.

"반고란 거, 정말 대단하더라고. 짜릿했어. 새로웠고. 앞으로가 더 재미있을 거 같아서 말인데."

눈동자에서는 더 많은 걸 갈구하고자 하는 욕망이 넘실거렸다.

"이제 뭘 할지 빨리 말해. 네가 어떻게 하냐에 따라서 우리도 발 맞춰서 움직일 수 있으니까. 너도 알잖아? 우리 대장님이 얼마나 걱정이 많은 인간인지."

사흉이 현재 절교 진영에 부재인 이유.

간단했다.

저 세상의 밑바닥에서 어떻게든 위로 올라오기 위해 발버둥치는 반고를 접하기 위해서였다.

손오공은 그런 사흉을 쫓는 중이었고.

손오공은 정말이지 끈질기기 짝이 없는 작자였다.

덕분에 이미 반고를 묶고 있던 사슬을 거의 끊어 놓아야 했던 사흉의 작업은 더디기만 했다.

하지만 저승이 진정되고 절교가 지원을 해 준다면 과정은 더욱 수월해진다.

─진행은, 얼마나 되었지?

"그럭저럭."

─그렇게 말을 하는 걸 보니 대부분은 되었나 보군.

혼돈이 어깨를 으쓱였다.

"자신 있지 않으면 어떻게 나왔겠어?"

─좋아.

통천교주는 고개를 끄덕이며 주변의 마신들을 모두 돌아봤다.

온갖 다양한 감정과 욕망의 감정들이 소용돌이친다.

저승을 거의 일통하다시피한 절교의 행진은 지금부터가 본격적일 것이다.

—우선 등환처는 저대로 두도록 한다.

다른 마신들이 반발하려 했지만, 통천교주가 그보다 먼저 딱 잘라 말했다.

—염라는 이미 권능을 잃어 아무런 방해거리도 되지 않을뿐더러. 한 줌밖에 남지 않은 저들의 병력이 앞으로 날뛰어 봤자 무엇을, 얼마나 할 수 있을까?

"할 게 왜 없는가."

장검을 끌어안은 채 비마질다라가 고요한 눈빛으로 말을 이었다.

"아직 진광왕과 오도전륜왕이 저렇게 버티고 있는 이상, 그들과 연합을 할 수도 있을 터인데. 무엇보다 저곳에는."

—천마가 있지.

비마질다라가 송곳니가 드러나도록 웃었다.

"그래. 천마."

—그래서다.

"음?"

—진광과 오도전륜은 여태 우리를 지지하는 척하면서도 혹여 횡액을 당할까 싶어 병력을 숨겨 뒀었지. 하지만 뭉친

다면?

"그렇군. 일망타진인가?"

—그렇다.

"허허허허허! 언제나 당당하시던 우리 여왕께서 이런 잔수를 생각하시다니. 역시 세월이 무섭긴 무섭구먼."

비마질다라는 통천교주의 서늘한 눈빛을 읽었지만 무시했다.

—그리고 그때 사흉을 따라 저승의 경계를 완전히 허물 것이다. 이미 지옥의 통합 작업은 거의 마무리되었으니 극락만 처리하면 될 터. 얼마 남지 않았다.

"그 후에는, 반고인가?"

혼돈이 마음에 든다는 듯 고개를 끄덕였다.

저승을 나누는 구획이 모두 사라지고 난다면, 세상의 밑바닥도 저절로 사라지게 될 테니까.

"좋아. 일단은 나도 그 정도로 알고만 있지. 마무리만 남았다면 시간도 얼마 걸리지 않을 테고. 그럼 나는."

혼돈이 일곱 살 난 악동처럼 키득키득 웃었다.

"그동안 제천대성이나 사냥해 볼까?"

그 말과 함께 자취를 감추었다.

통천교주는 녀석이 사라진 자리를 가만히 보다 오관왕 쪽으로 시선을 돌렸다.

―오관. 그대는 다른 왕들에게도 전해 주도록 하라.

"……따르지요."

통천교주는 마지막으로 마신들에게 명령했다.

―하면 우리 역시 준비가 끝나는 대로 움직이도록 한다.

*　　*　　*

"……오공은 반고를?"

"그래."

지호는 염라왕에게서 등환처를 맡아 달라는 부탁을 받고 잠깐 정신이 멍했다.

왜 갑자기 내가?

하지만 이어지는 염라왕의 설명이 그를 납득케 했다.

"이미 반고에 대한 작업이 거기까지 진행되고 있었을 줄이야……."

역시 그동안 절교도 가만히 있지 않았다.

옥황상제처럼 통천교주도 반고의 힘을 손에 넣고자 하는 바.

사흉이 무간지옥을 뚫어 반고에까지 닿으려 하고, 손오공이 그 뒤를 쫓고 있다는 것이다.

"그럼 나도 그쪽으로 가야……!"

지호는 조급해졌다.

반고를 속박하고 있는 사슬은 아직 약하기만 하다. 만약 거기에 사흉이 손이라도 댄다면……!

하지만 달아올랐던 심장은, 염라왕이 내뱉은 말에 다시 가라앉았다.

"려의 후예는 그대만이 아니다."

지호는 눈이 살짝 커졌다가 이내 말뜻을 알아차리고 고개를 끄덕였다.

"……그러네."

"반고에 대한 일은 제천대성에게 맡겨 둬라. 그는 그대이며, 그대 또한 그인 바. 너무 걱정할 필요 없지 않은가? 뭔가 틀어진다면 그때 가더라도 괜찮다."

"맞는 말이야."

"그리고 사흉이라 한들, 반고에게 닿기는 그리 쉽지는 않을 거다."

"왜?"

"마해(魔海)가 있을 테니까."

"마해?"

마의 바다?

처음 듣는 말에 지호가 고개를 갸웃거렸다.

"지옥과 세상의 밑바닥 사이에 놓인 거대한 숲이다. 아주 두껍고, 깊으며, 어지러운 곳이니까."

"얼마나?"

"모든 세상만큼."

"……!"

지호는 두 눈을 크게 뜨고 말았다.

그 말인즉, 천계를 포함한 이승과 저승 전체를 합친 것만큼이나 넓단 뜻이 아닌가!

"상고 시대의 지반을 담당했던 자리다. 당연히 그럴 수밖에 없지. 그대와 달리 반고와 아무런 연결고리도 없는 녀석들이 어찌 길을 찾을 수 있을까? 한참 걸릴 것이다. 그러니 우리는 그동안……."

"저승을 수복한다?"

"그래."

염라왕은 크게 고개를 끄덕였다.

"저승을 원래대로 되돌릴 수 있다면. 무너진 지옥을 다시 복구하고, 극락을 복원시킬 수 있다면. 절지천통도 저절로 이뤄지게 되니까."

염라왕은 쓰게 웃으며 말을 이었다.

"그런 면에서 보자면 나는 당분간 힘들다. 이런 몸으로는 움직이는 것조차 벅차니까. 그러니 나 대신 그대가……!"

"그래서 말인데."

지호는 손바닥을 오므렸다가 활짝 펼쳤다.

새카만 구슬이 나타났다.

초강왕이 가졌었던 권능. 색.

"이거면 낫지 않을까?"

"초강왕의 것이로군."

"어. 빼앗았어."

"솜씨도 좋구나. 항상 삼도천 밑바닥에 숨어 있어 찾기
도 힘들던 녀석이었는데."

"원래 네 애인이 좀 잘났잖아?"

"……누가 애인이란……!"

갑자기 예상치도 못하게 훅 들어오는 말.

염라왕은 아주 잠깐 말을 하지 못하다, 얼굴이 빨개진 채
한 마디 쏟으려 했다. 하지만 지호는 그 모습이 너무 귀여
워 다 듣지도 않고 그녀에게 다가가 가볍게 쪽 하고 입을
맞췄다.

"……이게 뭐하는 짓이냐?"

"뭐하는 짓이긴."

째려보는 염라왕에게 지호는 다시 능글맞게 웃으면서 입
술을 맞췄다.

"뽀뽀하는 짓이지."

"……하아!"

"어이쿠. 이런 것도 귀엽네."

한숨을 내쉬거나 말거나.

지호는 다시 입술을 맞췄다.

나중에는 염라왕도 어이가 없어 피식 웃었다.

"이걸 받는다고 해도 바로 낫기는 힘들다. 내가 다친 건
영혼이라, 회복하는 데 시간이 더디니까."

"괜찮아. 어차피 난 널 돕는다고 생각하고 하는 거니
까."

"알았다."

염라왕은 고개를 끄덕이며 구슬로 손을 가져갔다.

화아아아!

그러자 구슬이 사르르 녹더니 염라왕의 손아귀로 빨려
들어갔다.

염라왕의 몸을 따라 까만 기운이 흐르다가 사라졌다.

입가에 살짝 미소가 걸린다.

바로 낫기 힘들다지만 효과는 좋은 듯했다. 안색이 아까
전보다 훨씬 좋아 보였다.

그러다 감았던 눈을 떴을 때, 염라왕의 눈동자에 활력이
돌았다.

"조금이 아니네. 훨씬 낫구만 뭘."

"그대가 없었다면 아마 거기서 소멸되고 말았겠지. 고맙다."

지호는 말없이 웃었다.

그러다 염라왕이 갑자기 살짝 미소를 지었다.

"그런데 그것 아는가?"

"뭘?"

"그대가 준 권능은 색욕을 의미한단 걸?"

"응?"

지호가 뭐라고 반문하기도 전에 갑자기 염라왕이 지호를 뒤로 밀쳤다. 푹신한 침상의 감촉이 등으로 느껴진다. 지호가 당황한 사이, 염라왕이 그 위에 올라탔다.

"책임져야 할 것이다."

"무, 뭘……?"

"날 농락한 대가."

이제는 네가 농락당할 차례라는 듯, 염라왕은 적극적으로 지호의 상의를 뜯었다!

"자, 자, 잠깐!"

여태 주도권을 쥐고 있다가 얼결에 놓치게 된 지호는 그녀를 말리려 들었지만, 염라왕은 도리어 입술로 지호의 입술을 막아 버렸다.

후끈한 열기가 등환처를 휩쓸고 지나갔다.

　　　　　*　　　　*　　　　*

　혼돈은 벽유궁을 나와 곧바로 마해로 향하지 않았다.

　재미라고는 하나도 없는 그 지긋지긋한 곳을 겨우 빠져
나왔구만, 왜 바로 돌아간단 말인가?

　조금만 더 놀다 가야지.

　그런 생각밖에 들지 않았다.

　그만큼 간만에 즐기는 여유는 놓치고 싶지 않았다.

　무엇보다,

　"저쪽 제천대성과 이쪽 제천대성을 비교해 보고 싶기도
하고."

　혼돈은 손으로 턱을 쓰다듬으면서 개구진 미소를 짓다가
몸을 날렸다.

　화아아악!

　그 순간, 그의 몸이 불그스름한 기운에 감싸인다 싶더니
거친 불길과 함께 다른 몸이 되었다.

　붉은 불길을 털처럼 두른 15미터의 곰.

　마물이라고 해도 될 본체로 돌아간 채, 땅을 거세게 박차
이동한다.

　―려. 그대가 참으로 보고 싶구나.

혼돈 환두는 떠올렸다.

까마득하게도 먼 오래전.

자신과 사흉들을 만들어 준 왕(王)을.

〈다음 권에 계속〉

하라칸

쥬논 판타지 장편소설

핏빛 판타지의 연금술사, 쥬논.
그가 펼치는 공포와 선혈의 환상 세계!

『흡혈왕 바하문트』, 『샤피로』를 잇는 그 세 번째 이야기.
검푸른 마해(魔海)의 세계에 그대를 초대합니다.

dream
books
드림북스